ELIAS' GEHEIMNIS

ALPHAS IN ALASKA
BUCH DREI

TAMSIN LEY

FRANZISKA POPP

Twin Leaf Press

Der Sache nicht gewachsen

Nach dem Tod ihres eifersüchtigen Ehemanns schwört Lana Gregory den Männern ab. Vor allem aber der chauvinistischen Art wie dem rivalisierenden Kapitän Elias Sobol! Als sie jedoch während eines Sturms über Bord geht, strandet sie auf einer einsamen Insel Alaskas – ausgerechnet mit dem Mann, den sie zu meiden sucht.

Der Fang des Lebens

Für Elias hat es nur einen Blick auf Lana gebraucht und sein Selkie wusste, dass sie seine Gefährtin ist. Das Gefühl beruht jedoch nicht auf Gegenseitigkeit, denn die dickköpfige Frau hasst ihn seit dieser ersten Begegnung. Er wird gezwungen, sie aus der Ferne zu beobachten und zu beschützen.

Schockierendes Geheimnis

Als die alaskische Wildnis ihren Tribut fordert und die Zuneigung zwischen ihnen wächst, legt Lana ihre Vorurteile ab. Dann offenbart er, was er wirklich ist, und das bringt sie aus dem Gleichgewicht. Sie fängt doch gerade erst an, wieder zu vertrauen … Und wie soll sie einem Mann Vertrauen schenken, der nicht ist, was er zu sein scheint?

Lektorat: Christian Popp

ISBN: 978-1-950027-68-2

Twin Leaf Press
PO Box 672255
Chugiak, AK 99567

Gefiedel schnitt durch die kalte Novemberluft, als Kapitän Elias Sobol vor der schweren Tür der Bar zögerte. Bei dem flackernden Neonlicht im Fenster wurde ihm übel und die Luft knisterte in der Ankündigung eines Sturms. Sogar sein Seehund war nervös, vibrierte mit der Vorfreude, die vor einem Sprung ins kühle Nass einherging. *Es liegt einzig und allein daran, dass mir diese Stadt noch neu ist.* Es gefiel ihm nicht, ins Revier einer fremden Selkie-Kolonie einzufallen. Jedoch war die gesamte Besatzung der *Utkin* zusammengekommen, um Bobbys ersten Bandauftritt zu unterstützen, und Elias hatte nicht vor, ihn zu enttäuschen.

Sein Erster Offizier Jacob öffnete die Tür von innen. „Kommst du? Wir haben direkt vor der Bühne einen Tisch ergattert."

„Ja, gleich." Elias richtete seinen Pelz – für Menschen schien es wie eine Weste aus Robbenfell – und trat über die Türschwelle. Wärme umfing ihn, zusammen mit dem überwältigenden Geruch nach Menschheit und verschüttetem Bier. Obwohl die Touristensaison bereits vorbei war, drängten sich in der Bar die Leute. Die Gesichter wurden von den Weihnachtslichterketten beleuchtet, die kreuz und quer unter der Decke hingen. Elias entdeckte Waltons Robbenfellmütze vor der Plattform, auf der Bobby mit seiner Band stand und einen tempogeladenen Takt vorgab.

Er drehte sich seitwärts und quetschte sich durch die Menge, so wie er das im Meer machte, wenn er durch einen Algenwald schwamm. Vielleicht sollte er nach dem Auftritt an den Strand gehen und sich verwandeln. Seinen Seehund schwimmen zu lassen, sollte seinen Verstand etwas aufklaren. Er lief auf die lange Bar zu und wurde plötzlich von einem köstlichen Duft in Aufregung versetzt. Zimt und Mokka und ein unterschwelliger Wink nach … Sex.

Sein Herzschlag beschleunigte sich und dann wurde er nur noch von einem Gedanken beherrscht: *Gefährtin.* Seine Augen landeten auf einer kleinen Frau mit braunen Locken, die sich auch von ihrer pinken Wintermütze nicht bändigen ließen. Mit dem Rücken zu ihm saß sie auf einem Barhocker. Was er sehen konnte, waren ihre weiblichen Kurven, die ihr Oberteil und die Jeans perfekt ausfüllten. Ein wahres Mädchen aus Alaska. Er konnte das anerkennende Heulen seines Seehundes nicht unterdrücken.

Sie drehte sich auf dem Hocker, um sich die Band anzusehen, womit sie ihm nun ihr Profil präsentierte. Ihre Wangen waren gerötet, als wäre sie gerade erst von der Kälte in die Wärme getreten. Ihr breites Lächeln war es, das sich direkt auf Elias' Herz auswirkte. Jedoch war das Lächeln nicht für ihn gedacht. Sie unterhielt sich mit einem Mann, dessen zerwühltes, dunkelblondes Haar zu den Seiten abstand.

Elias rollte mit den Schultern und schüttelte seine Aggression ab. Nicht alle Wandler fanden ihre wahren Gefährten, wenn sie das aber taten, war die Anziehungskraft überwältigend und kaum zu kontrollieren. Er hoffte wirklich, dass sie menschliche Dinge gemeinsam hatten.

Er tadelte sein Tier: *Du wusstest genau, dass wir sie hier finden würden, oder?*

Sein Seehund antwortete mit lüsternen Gedanken.

Schnell merkte er, wie sein Körper reagierte, und er schüttelte den Kopf, schaffte es jedoch nicht, sein Lächeln zu verbergen. So oft hatte er gehört, dass man sein erstes Treffen mit seiner Gefährtin niemals vergaß. *Mir wäre es lieber, sie würde unsere erste Begegnung nicht mit einem Perversling in Verbindung bringen, der sie in einer Bar anspricht.* Elias drückte die Schultern durch, richtete seine Weste und schlüpfte an einer Gruppe vorbei, die sich zwischen ihm und seiner Frau positioniert hatte.

Seine Gefährtin hatte ihn noch nicht bemerkt. Als er sich näherte, verstand er auch den Grund. Ihr Zimtgeruch verstärkte sich, und das gab ihm deutlich zu verstehen, dass sie ein Mensch war.

Verdammt. Das verkomplizierte die Sache. Menschen waren auf ihre Instinkte nicht so eingestimmt, wie das bei Gestaltwandlern der Fall war. Er würde sie umwerben müssen, bevor er sich überlegte, wie und wann er ihr sein Geheimnis offenbaren sollte. Ein paar Hocker von ihr entfernt stoppte er, um sich einen Plan zurechtzulegen. Auf der Bühne spielte Bobby leidenschaftlich seine Geige, der Gitarrist zupfte einen passenden Rhythmus, während der Sänger etwas über das Glücksspiel mit seinem Herz als Einsatz faselte.

Elias' zukünftige Gefährtin wackelte stimmig zum Takt mit dem Kopf.

Ich könnte sie zum Tanzen auffordern.

Sein Seehund lachte, denn sein Tier wusste genau, dass Elias zwei linke Füße hatte.

Jemand an dem Tisch neben ihm zog an seinem Ärmel. „Hey, Elias", brüllte eine Frau über die Musik. „Was machst du in Kenai? Willst du mir einen Drink ausgeben?"

Er löste sich von ihrer Berührung und überlegte kurz, wen er vor sich hatte. Letztes Jahr hatte er sie in Homer kennengelernt. Die Nächte mit ihr waren befriedigend gewesen, aber zur Hölle nochmal, er konnte sich nicht an ihren Namen erinnern. Er zwang sich zu einem Lächeln, schüttelte jedoch den Kopf. „Heute nicht, Süße."

Schmollend sah sie ihn an. Davon ließ er sich allerdings nicht aufhalten. Ohne zurückzublicken, ging er weiter. Zumindest hatte sie ihn auf eine Idee gebracht. *Ich kann meiner Gefährtin einen Drink ausgeben.*

Eine Sekunde später war sie in Reichweite, als er plötzlich ein metallisches Glitzern an ihrem Ringfinger wahrnahm. *Verheiratet?*

Er wagte einen zweiten Blick auf den Mann neben ihr. Er spielte nicht in ihrer Liga. War der Ring nur ein Mittel, um sich unerwünschte Verehrer vom Leib zu halten? Er hatte Frauen kennengelernt, die das taten. Er nahm einen Schritt auf sie zu. In dem Moment packte der Mann sie am Kinn und küsste sie. Kein Schmatzer, sondern ein intimer, ungestümer Kuss.

Elias erstarrte. Bevor sein Gehirn aufholen konnte, packte er den Kerl am Kragen, riss ihn von seinem Hocker und warf ihn auf den Boden.

Augenblicklich sprangen die Leute aus dem Weg.

„Was zum Teufel war das denn!", brüllte der Mann.

„Die Dame schätzt es nicht, begrabscht zu werden", antwortete Elias. Aus den Augenwinkeln sah er, dass sich besagte Dame von ihrem Hocker erhob.

Der Kerl versuchte, auf die Beine zu kommen. „Das ist meine Frau, du Arschloch!"

Ein schweres Gewicht setzte sich in Elias' Magen fest. „Scheiße."

Die Frau starrte ihn mit weit aufgerissenen, braunen Augen an. Dann drehte sie den Kopf und blickte zu ihrem am Boden liegenden Ehemann. *Ehemann. Ehefrau.* Der Ring war nicht nur ein Scherzartikel.

Wenn es eine Grenze gab, die Elias niemals übertreten würde, dann war es diese. Auf keinen Fall würde er einem Mann seine Frau stehlen.

Etwas Hartes kollidierte mit Elias' Wange. Sein Kopf schnappte zur Seite. Er stolperte und als er sich dem Mann wieder zuwandte, landete der zweite Schlag auf seinem Auge. Sterne tauchten in seinem Sichtfeld auf. Instinktiv hob er die Fäuste. Der Mann war auf die Füße gekommen, seine geballten Hände wie ein Boxer vor seiner Brust. Erneut holte er aus. Dieses Mal konnte Elias ausweichen.

Jemand in der Menge brüllte: „Kampf, Kampf, Kampf!"

„Peter, hör auf!", rief die Frau. Mit beiden Händen griff sie nach dem rechten Arm ihres Ehemannes.

Es kam selten vor, dass Elias in eine Rauferei geriet. Wenn es jedoch passierte, dann aus gutem Grund. Zudem war er niemand, der sich freiwillig ergab. Natürlich verstand er, warum der Mann vor ihm wütend war. Widerwillig öffnete Elias die Fäuste und hob beide Arme in einer wohlwollenden Geste. „Ich dachte, sie wäre jemand anderes. Nur eine Verwechslung."

Der Mann näherte sich. „Blödsinn. Komm schon. Kämpfe, du Weichei."

Die Band hatte ihr Set unterbrochen, während die schaulustige Menge einen Kreis um die Streithähne gebildet hatte. Ein bulliger Türsteher schob sich in den Bereich. „Lass den Scheiß, Peter." Mit beiden Armen ausgestreckt trat er dazwischen und funkelte Elias genervt an. „Ihr könnt euch vor der Tür prügeln."

Elias spürte Jacobs Blick auf sich haften und eine Sekunde später kam die Bestätigung, als er ihm schickte: *Brauchst du Verstärkung?*

Was für ein Chaos. Nein, brauchte er nicht. Er wusste genau, was seine Männer machen würden, fanden sie heraus, dass er seine Gefährtin gefunden hatte. Sie würden versuchen, das Paar auseinanderzubringen. In dem Fall könnte er sich seine Gefährtin genauso gut über die Schulter werfen und sie von ihrem Ehemann stehlen. Stattdessen vertrieb er alle Gedanken an seine Gefährtin, schüttelte den Kopf und schickte zurück: *Nein. Ich bin hier fertig. Sag Bobby, dass es mir leidtut.*

Elias machte kehrt und lief zum Ausgang. In der kühlen Nachtluft angekommen, ignorierte er Peters lallende Bemerkungen und stieg in seinen Pick-up. Es dauerte eine Weile, bis er sich beruhigt hatte. Erst jetzt wurde ihm bewusst, dass er niemals den Namen seiner Gefährtin erfahren würde.

2

Drei Jahre später

Lana zählte die Scheine und legte sie im Schiffsbedarfsladen vor dem Mitarbeiter auf den Tresen. Hinter ihr summte der kleine Laden vor Aktivität. Das Sonar der *Fish-and-Wildlife-Service-Behörde* hatte von einer, wie sie es nannten, Wand aus Fischen gesprochen, die sich dem Meeresarm näherte. Morgen war es so weit und jeder bereitete sich krampfhaft darauf vor. Ihre große Chance. Sie konnte es in ihrer Seele fühlen.

Fischfang zu betreiben, war teuer, aber wie ihr Mann immer zu sagen pflegte: *mitgefangen, mitgehangen!* Das Geld war seit seinem Tod vor einem Jahr knapp, jedoch war sie entschlossen, die Sache mit dem Fischen fortzusetzen. Wenn sie während ihrer kurzen Ehe etwas gelernt hatte, dann, dass ihr das Meer im Blut lag, und sie liebte nichts mehr als das Salz des Windes in ihrem Gesicht und die Wellen unter ihren Füßen.

Einem tiefen Lachen folgte ein wütender Fluch eines Mannes. Sie sah zu zwei Fischern, die sich in einem Gang stritten. Rivalität konnte schnell ausarten. Alle waren angespannt. Peter hatte mehr als einmal mit ein paar der Kapitäne Streit angefangen. Geflogen waren die Fäuste jedoch meistens in der Kneipe. Vor zwei Jahren hatte sie ihn sogar aus dem Gefängnis herausholen müssen. Die Sache hatte nicht nur zur Folge gehabt, dass sie einen Tag nicht auf das Wasser konnten, nein, die Kaution war zudem so hoch gewesen wie die Hälfte der Einnahmen des nächsten Tages.

Der Angestellte überreichte ihr eine Quittung, unbeeindruckt von dem nahegelegenen Streit. „Der Wetterbericht prognostiziert einen Sturm. Sei vorsichtig da draußen, Schätzchen."

Das hatte sie auch gehört. Sie war nervös – nervös genug, dass sie sich von dem Mansplaining oder seinem herablassenden Kosenamen für sie nicht angegriffen fühlte. Der Lachszug würde die Mündung des Flusses in weniger als vierundzwanzig Stunden erreichen, und diese Gelegenheit musste sie nutzen. Nur durch etwas Glück hatte ihr Finanzberater genug Fäden ziehen können, sodass sie bis zum Ende dieser Saison einen Aufschub bekommen hatte, um ihre Ratenzahlungen aufzuholen.

„Danke, das werde ich." *Sie hob den schweren Ersatzpropeller auf.* Der Propeller der *Willy Nilly* funktionierte prima, aber der neue würde schneller und geschmeidiger laufen, wenn sie es schaffte, das Ding vor morgen zu installieren.

Sie drehte sich zum Ausgang und krachte gegen glattes Silberfell. Ihr Herz setzte aus. *Elias Sobol.* Die breite Brust und die Robbenfellweste verrieten seine Identität so sicher wie jeder Ausweis. Ihr verstorbener Ehemann war vielleicht ein Schläger, ein Betrüger, ein Hurensohn gewesen, aber Elias Sobol war die Definition eines Arschlochs. Und sie wusste es besser, als sich von diesem Mann etwas gefallen zu lassen.

Sie blickte in seine beinahe schwarzen Augen und funkelte ihn wütend an. „Darf ich bitte vorbei?"

Er hob die Augenbrauen, sagte jedoch kein Wort. Der Mann war nicht gerade gutaussehend, aber er sah … interessant aus. Kräftige Schultern, dunkel glänzendes Haar, das an den Schläfen silbern glitzerte, und eine erhobene Narbe auf seiner Stirn, die eine Augenbraue halbierte. Wahrscheinlich hatte er sich die bei einer Kneipenschlägerei oder einem schmutzigen Geschäft zugezogen. Seine tiefe Stimme grummelte, eine Vibration, die sie fast bis in ihre Knochen spürte. „Ich empfehle dir, diese Fahrt auszusetzen, Captain."

Er nannte sie immer Captain, und sie wusste nicht genau, ob er sich damit über sie lustig machen wollte oder nicht. Wenn sie ehrlich war, wäre es ihr lieber, er würde sie wie die anderen Kapitäne *Schätzchen* nennen. „Du bist nicht gerade mein Ansprechpartner für Ratschläge, Elias." Sie schüttelte die adrenalinbetriebenen Schmetterlinge in ihrem Bauch ab. „Könntest du mich jetzt vorbeilassen? Ich habe es eilig."

Seine Augen fingen das Leuchten von den fluoreszierenden Glühbirnen ein und blitzten auf, als er eine große Hand um ihren Oberarm wickelte. „Ich meine es ernst, Lana. Die *Willy Nilly* ist nicht für dieses Wetter gemacht."

„Fass mich nicht an." Sie befreite sich aus seinem Griff. „Ich komme schon klar. Und jetzt geh mir aus dem Weg. Dieses Teil ist schwer."

Sie hatten die Aufmerksamkeit der Umstehenden auf sich gezogen, und ein Mann mit einem dichten braunen Bart trat vor.

Der Mann streckte die Hände nach dem Propeller aus. „Lass mich dir damit helfen, Schätzchen."

Normalerweise beharrte Lana darauf, sich unter den Männern der Branche zu behaupten. In diesem speziellen Fall neigte sie jedoch den Kopf und grinste Elias an, während sie dem anderen Mann antwortete: „Das ist sehr nett. Vielen Dank."

Elias presste die Lippen fest aufeinander und trat zur Seite. Sie konnte seinen Blick auf ihrem Rücken spüren, als sie den Weg nach draußen zu ihrem verbeulten Chevy antrat. Der bärtige Mann legte den Propeller auf die Ladefläche und rieb mit den Handflächen über seine befleckte Jeansjacke. „Ich veranstalte dieses Wochenende ein Lagerfeuer. Du solltest kommen."

Na toll, sie wusste, wohin das führen würde. Einige Fischer hatten sich ihr nach Peters Tod genähert.

Sogar das Arschloch Elias hatte versucht, sie anzumachen. Zu dem Zeitpunkt war Peter noch nicht mal einen Monat tot gewesen. Die wenigen, bei denen sie sich hatte breitschlagen lassen, hatten sich alle als Blindgänger herausgestellt. Das Letzte, was sie gerade gebrauchen konnte, war, dass noch ein Fischer das Gefühl hatte, sie hätte seinen Stolz verletzt. *Bleib höflich, aber distanziert.* Sie schloss die Heckklappe des Pick-ups. „Danke für die Einladung, allerdings habe ich schon Pläne."

„Sicher? Ein Lagerfeuer und ein Bier sind ein besserer Zeitvertreib, als zu versuchen, in diesem Sturm zu fischen."

Sie schüttelte den Kopf. „Ich bin mir sicher."

„Wenn du meinst." Er zuckte mit den Schultern. „Pass morgen auf dich auf."

„Du auch", sagte sie, als sie in ihr Auto stieg und die Tür zumachte.

Aus der Ladentür sah sie Elias kommen, seine Augen auf den bärtigen Mann fixiert. Er betrachte den Mann auf eine Weise, so wie er das auch bei Peter getan hatte. Was zum Teufel war mit ihm los? Sie musste hier weg und sich um ihren eigenen Scheiß sorgen, nicht um das Konkurrenzverhalten, das die Männer an den Tag legten.

Sie fuhr vom Parkplatz und machte sich auf den Weg zu der Bäckerei, die ihre Eltern mal besessen hatten. Ihre Cousine Ashlyn leitete sie nun, aber Lana hatte die Tradition, vor jeder Tour frische Donuts zu ihrer Besatzung zu bringen. Sie trat ein und inhalierte den wunderbaren Brotduft. Das vermisste sie am meisten an der Bäckerei. Den Geruch. Fisch und Diesel kamen dagegen nicht an.

Ein Paar saß an einem Fensterplatz und trank Kaffee. Ashlyn stand hinter der Kasse, ihr rosa- und blaufarbenes Haar passte gut zu den rosa Gebäckboxen, die sich in den Regalen hinter ihr stapelten. Ashlyn hatte ein wenig an Gewicht zugelegt, seit sie nach Kenai gezogen war, und sie sah toll aus. Sie schien muskulöser, nicht weicher, was man bei einem Geschäft dieser Art erwarten würde. „Hey, Lana", grüßte sie mit einem Lächeln.

Cal Bennett schob sich durch die saloonartigen Schwingtüren zur Küche, sein brauner State-Trooper-Hut in der einen Hand und ein Bearclaw-Gebäck in der anderen. „Danke, Ashlyn", sagte er und nickte Lana flüchtig zu, als er auf dem Weg zum Ausgang an ihr vorbeiging.

Der Idiot. Sie hatte vor einer Weile eine Affäre mit ihm – wenn man eine einzige Nacht vor dem Fernseher eine Affäre nennen konnte. Er war der beste Freund von Ashlyns Ehemann, aber für Lana war er nur ein Grund mehr, Männer zu meiden.

Ashlyn schüttelte den Kopf und murmelte: „Ich habe ihm gesagt, dass er die Toilette benutzen kann."

Lanas Augen suchten nach den Donuts. Eine Frau mit drei Grundschulkindern blockierte ihr den Blick.

Als könnte Ashlyn ihre Gedanken lesen, wies sie mit dem Daumen über ihre Schulter. „Ich habe dir drei mit Himbeerfüllung und zwei Ahornsirup-Donuts für Jeanette gesichert. Gleich neben dem Kühlschrank."

Grinsend sagte Lana: „Du bist die Beste."

„Du kannst es mir in frischem Lachs zurückzahlen", rief Ashlyn ihr nach, als Lana in die Küche ging.

Eine rosa Schachtel auf der Arbeitsfläche enthielt eine Auswahl an Gebäck. Sie nahm einen der Himbeer-Donuts, gönnte sich einen großen Bissen und wurde mit einer süßen Füllung belohnt. Ashlyn konnte backen, das war mal klar. Lana bedauerte es also kein bisschen, das Geschäft ihrer Eltern an ihre Cousine abgegeben zu haben. Zudem stellte ihr Ashlyn die Leckereien nie in Rechnung.

Sie versiegelte die Schachtel mit einem Stück Klebeband und ging wieder nach vorne. „Danke, Ashlyn. Ich kann es nur wiederholen: Du bist die Beste!"

„Warte." Ashlyn reichte einer Frau etwas Kleingeld, dann wandte sie sich an Lana und kramte in der Tasche ihrer Schürze. „Das hast du gestern auf dem Tresen liegen lassen."

Lana akzeptierte das Taschenmesser, das ihr Vater ihr geschenkt hatte, bevor sie das erste Mal mit Peter rausgefahren war. Die Klinge war zu winzig, um wirklich von Nutzen zu sein, aber der abgenutzte Elfenbeingriff fühlte sich gut an und sie verwendete das Messer wie einen Heilkristall. „Ich habe mich schon gefragt, wo es geblieben ist. Danke."

„Schließlich kann ich dich nicht ohne deinen Glücksbringer dort raus schicken." Ashlyn zwinkerte und wandte sich dem nächsten Kunden zu.

Lana rieb mit dem Daumen über das eingeschnitzte Bildnis eines springenden Lachses und schob das

Messer in ihre Jeanstasche. Es gefiel ihr nicht, es zuzugeben, aber sie brauchte alles Glück, das sie kriegen konnte. Wenn sie diese Fischersache nicht bald in den Griff bekäme, würde sie am Ende für Ashlyn arbeiten müssen.

3

Der Regen schränkte den Blick aus dem Ruderhaus ein, als Elias die *Utkin* im Zuge der *Willy Nilly* aus der Mündung des Flusses steuerte. Seine Robbenform zog es vor, Boote bei diesem Wetter zu meiden. Zu sehr erinnerte es dann an Treibgut, was sogar einen Selkie seekrank machte. Aber er musste Lana Gregory beschützen – auch wenn sie nicht verstand, warum.

Nach seiner ersten Begegnung mit ihr in der Bar vor fast drei Jahren hatte er schnell in Erfahrung gebracht, dass sie und ihr Mann ein Fischerboot in Kenai betrieben. Obwohl er die Frau eines Mannes nicht stehlen wollte, spürte er immer noch all die Triebe, die ein Gefährte fühlen würde, einschließlich der Notwendigkeit, in ihrer Nähe zu sein und sie zu beschützen. Biologie, das und nichts anderes, und er konnte es nicht bekämpfen. Also hatte er sein Boot und seine Besatzung in der nächsten Saison von Homer in diese Gegend verlegt. Seinen Männern war der Grund nicht bewusst. Sie dachten nur, dass er sein Territorium erweitern wollte. Selkies waren dafür bekannt, dass sie auch Ehepartner entführten, und auf diese Art Hilfe konnte er wirklich verzichten.

Gelächter erhob sich aus der Kabine unter ihm, wo seine Crew Energydrinks schlürfte und sich auf den großen Ansturm vorbereitete. Die *Utkin* war fast doppelt so groß wie die *Willy Nilly*, mit einer Besatzung von vier Mann – drei Selkies und einem Neuen mit dem Namen Dean, ein Werwolf, der schwor, dass er ein „Wolf des Meeres" sei. Bevor Elias ihn aufnahm, hatte er ihn einem ausgiebigen Schwimmtest unterzogen. Mit Bravour hatte der Junge bestanden. Elias waren also die Argumente ausgegangen. Wenigstens war Dean kein Mensch, hatte er sich gesagt.

Menschen waren zerbrechlich, und viele respektierten das Meer nicht so, wie sie es sollten. *Einschließlich Lana.* Aber er gab ihr nicht die Schuld; sie hatte von ihrem Mann schlechte Gewohnheiten gelernt. Als Elias nach Kenai gezogen war, hatte er angenommen, dass es nur eine Frage der Zeit sein würde, bis Lana die Ehe von allein beendete. Menschen paarten sich selten auf längere Zeit, und Peter Gregory war nicht richtig für sie gewesen. Ihr Mann hatte sie herablassend behandelt, ihr ganzes Geld für Bier ausgegeben und sie sogar betrogen. Gerettet hatte ihn nur, dass er nicht die Hand gegen sie erhoben hatte. Wenn es eine Sache gab, die Elias nicht ertragen konnte, dann Männer, die ihre Frauen schlugen. Elias hatte all die Jahre aus der Ferne ein Auge auf sie gehabt und darauf gewartet, dass sie die Nase von dem Benehmen ihres Mannes voll hatte.

Dann war Peter gestorben.

Es war eine Sache, eine Frau nach einer Trennung zu hofieren, und eine ganz andere, dies bei einer Witwe zu tun. Der menschliche Teil von ihm wusste, dass er ihr eine respektvolle Trauerzeit geben musste, aber sein Tier war die Warterei leid. Zwei Monate schaffte er es, auf Abstand zu bleiben, bevor sein Seehund an Kontrolle gewann, als er ausgerechnet in einem Fast-Food-Restaurant in sie gerannt war. Stotternd hatte er sie zum Mittagessen eingeladen.

Und sie hatte ihn zurückgewiesen, als würde er ihr eine Schüssel mit dem Fisch der letzten Woche vorhalten.

Seitdem war sie in seiner Nähe noch abweisender. Wie es schien, hatte die Rivalität zwischen Elias und Peter dafür gesorgt, dass Lana ihn nur als Bösewicht sehen konnte.

Als er den Bug der *Utkin* in den Wind drehte, behielt er weiterhin den Radar im Blick, der ihm den Weg der *Willy Nilly* anzeigte. Die Frau hatte keinerlei Orientierungssinn, jedoch musste er ihr anrechnen, dass sie einfach nicht aufgab. Ein paar Mal hatte er seine Seehundform angenommen und war ihr zur Hilfe gekommen, indem er ihr Fische in die Netze gejagt hatte.

Im Moment verriet ihm das Radar, dass ihr Boot im flachen Gewässer unterwegs war. Diese Stelle war für ihren felsigen Grund bekannt. Nicht gerade der beste Ort, um bei diesem Wetter zu fischen. Sah sie nicht auf ihre Karten? Die massiven Wellen boten eine Achterbahnansicht des dunklen Horizonts, und es bestand immer die Gefahr, dass jemand sein Boot gegen einen der Unterwasserformationen fuhr. Die Navigation am Meeresarm konnte knifflig sein, aber wo zum Teufel wollte sie hin?

Der Rumpf der *Utkin* wurde von einer Welle erwischt und Elias hätte beinahe sein Gleichgewicht verloren. Er war gezwungen, etwas vom Kurs abzuweichen, um nicht zu kentern. „Verdammter Idiot", murmelte er, halb zu sich selbst, halb auf Lana bezogen. Dieser Sturm entwickelte sich zu einem Albtraum.

„Kapitän?", sagte sein Erster Offizier hinter ihm.

Elias blickte über seine Schulter, wo sich Jacob im Türrahmen abstützte. Er trug seine Xtratuf-Stiefel und von seiner Robbenfellparka tropfte Wasser auf den Boden. Jeder Selkie trug seinen Pelz anders – Walton als Mütze, die im Sommer total lächerlich wirkte, aber solange es ihm gefiel. Elias bevorzugte seine lange Weste. Die magische Qualität des Fells konnte jedes Kleidungsstück annehmen. Noch wichtiger war jedoch, dass es einem Selkie die Macht gab, sich zu verwandeln. Ohne es waren sie nicht in der Lage, ihre Seehundform anzunehmen.

Als seine Aufmerksamkeit auf das Steuer zurückkehrte, brüllte Elias: „Was?"

„Was ist denn los mit dir?" Jacob kam ins Ruderhaus und klammerte sich an einen der Haltegriffe über ihm.

Mit den Augen auf die Scheibe gerichtet, die von Wellen attackiert wurde, murmelte Elias: „Nichts."

„Lügner", konterte Jacob.

Seit fast zwei Jahrzehnten arbeiteten sie zusammen, waren seit ihrer Kindheit die besten Freunde. Elias war ehrlich gesagt überrascht, dass Jacob so lange gebraucht hatte, um die wachsende Verdrießlichkeit seines Kapitäns anzusprechen.

„Schließlich stehen wir nicht unter Druck, Geld machen zu müssen", fuhr Jacob fort. „Den Schwarm zu verpassen, wäre keine große Sache. Die Schlussfolgerung, die ich daraus ziehe, ist, dass wir uns aus einem anderen Grund gerade auf See befinden. Gehe ich richtig in der Annahme, dass es etwas mit Lana Gregory zu tun hat?"

Elias' Kiefer zuckte. Sogar die Erwähnung ihres Namens reichte aus, um Hormone in ihm loszutreten. Sein Bedürfnis, sie für sich zu beanspruchen, wurde zu einem echten Problem. Er seufzte und passte den Gashebel an, als das Boot durch ein Wellental schoss. „Dies ist nicht die richtige Zeit, um dieses Thema zu besprechen."

„Das verstehe ich dann mal als *Ja*."

„Ich sagte doch gerade: nicht jetzt." So laut wie der Donner rauschte eine Welle über den Bug.

„Wenn du dich den Wellen weiter auf diese Weise stellst, gibt es vielleicht kein später." Jacob fing sich am Armaturenbrett ab. „Ist sie deine Gefährtin?"

Elias zog genervt die Augenbrauen zusammen und nickte.

„Scheiße, Mann, wie lange weißt du das schon?"

„Seit dem Tag, an dem ich sie zum ersten Mal gesehen habe." *Und mit jedem weiteren Tag wird es mir bewusster.* Kenai war eine winzige Gemeinde, und er schien Lana mit beunruhigender Häufigkeit zu begegnen.

Jacob entließ einen tiefen Pfiff. „Und seitdem drückst du deinen Instinkt nieder? Warum? Das kannst du doch besser, Kumpel."

Das war ihm auch klar. Wie Jacob bereits meinte, konnte er das eigentlich besser. Frauen mochten ihn, aber er hatte schnell herausfinden müssen, dass niemand seine Sehnsucht nach Lana zu dämpfen vermochte. Eine Entdeckung, die sein Tier nur mürrischer machte. Aber Elias hatte seine Prinzipien, und er wollte nicht zulassen, dass das, was auf einen biologischen Drang hinauslief, sein Leben oder das eines anderen ruinierte. „Niemals würde ich die Frau eines anderen Mannes stehlen."

„Was bist du eigentlich für ein Selkie? Unsere Vorfahren hätten sie entführt, sie auf eine einsame Insel gebracht und sie dort von ihren Vorzügen überzeugt."

„Dies ist nicht die alte Zeit, und Lana ist nicht der Typ, der diese Art Tradition zu schätzen weiß. Sie ist Peter gegenüber treu geblieben, und ich bewundere das, auch wenn er ein Idiot war." Er drehte das Steuer, um die Welle zu nutzen.

Jacob grunzte und passte seine Haltung an, als sich das Deck neigte. „Wenn du in den letzten Jahren nicht so ein Arschloch gewesen wärst."

„Zu ihr war ich nie ein Arschloch. Nur gegenüber ihrem arschgesichtigen Ehemann."

„Ich sage ja nur, dass sie dann vielleicht bereit wäre, dich anzuhören. In dem Fall könnte ich jetzt in der Bar sitzen und die heiße, neue Barkeeperin angraben." Jacob kratzte sich am Kiefer, die Finger fuhren über seinen Bart. „Und doch sind wir hier, um ... was zu tun?"

„Falls etwas passiert, möchte ich hier sein und ihr zur Hand gehen. Die *Willy Nilly* ist nicht für diese Wellen gemacht."

Über den Radarschirm beugend zeigte Jacob auf den Punkt, der Lanas Boot markierte. „Ist sie das?"

„Ja." Elias' Magen rebellierte, als er an die Möglichkeit dachte, dass sie in Gefahr geraten könnte.

„Warum ist sie so nah am Ufer?"

„Keine Ahnung. Aber ich habe das Gefühl, dass etwas nicht stimmt."

Jacob zuckte mit den Achseln und zeigte mit dem Daumen zur Tür. „Okay. Dann geh aufs Deck. Wenn es Ärger gibt, kommst du von dort schneller ins Wasser. Ich übernehme das Ruder."

Elias hielt nur einen Moment inne und nickte seinem Kumpel dann dankbar zu. Er hätte wissen sollen, dass er sich auf Jacob verlassen konnte. „Danke."

Er schlüpfte aus seinen Stiefeln, zog sich die Kleidung aus, bis er nur noch seine Robbenfellweste trug, und machte sich dann vom Steuerhaus zum nassen Deck auf. Das Fell legte sich an seine Haut, verschmolz mit ihm, wuchs und breitete sich über seine Gliedmaßen aus, schützte ihn so vor dem treibenden Regen und dem Wind. Sobald sie in Sichtweite der *Willy Nilly* waren, würde er in seine volle Seehundgestalt wechseln. Vorerst packte er die Reling, als das Deck schwankte und das Meer unter seinen Füßen toste. Er blickte zum Horizont und hoffte, dass er falschlag, dass Lana nicht drauf und dran war, sich in Gefahr zu begeben.

Lana packte das Ruder, ihre Aufmerksamkeit wechselte zwischen dem Horizont und der elektronischen Navigationskarte auf ihrem Armaturenbrett. Peters Großvater war ein Profi auf diesen Gewässern gewesen, und als Peter das Boot geerbt hatte, waren die einzigen elektronischen Geräte ein CB-Funk und die Winden für das Netz gewesen. Sie mochte die Idee, ihrem Bauchgefühl zu folgen, aber nach ein paar Fahrten, bei denen sie nur das GPS auf Peters Handy verwendet hatten, entschied er ein zuverlässigeres System zu installieren, bei dem der Akku nicht leer ging und das auch nicht über Bord gehen konnte. Sie musste zugeben, dass sie mit der Technik bessere Erfolge hatte. Und der Weg in den Hafen wurde erleichtert.

Im Moment jedoch schien etwas an ihrer Richtung abwegig. Vage sah sie in der Ferne das Ufer, während ihre Karte sagte, dass sie mindestens vier Meilen entfernt war. Ihre Intuition sagte ihr, dass dies alles falsch war; sie sollte von hier aus nichts sehen können.

Sie zog ihr Handy aus der Tasche ihres Hoodies und öffnete ihre Navi-App. Die App lud, versuchte, eine Verbindung herzustellen, und dann erschien eine Meldung, es später erneut zu probieren.

Das war's, ich drehe um. Sie passte das Ruder an, erwischte eine Welle recht ungünstig und hörte aus der Kabine einen Schrei, als sich das Boot auf die Seite legte.

Jeanette steckte ihren Kopf durch die Luke nach oben. „Alles in Ordnung?"

„Das Navigationsgerät funktioniert nicht. Ich fahre zurück in den Hafen."

Die Deckarbeiterin kroch den Rest des Weges die Treppe hinauf und schaute am Armaturenbrett auf das LCD-Display. „Der Wind da draußen ist brutal. Vielleicht hat es die Antenne erwischt."

Lana knirschte mit den Zähnen. Manchmal hatte sie das Gefühl, dass das ganze Boot nur durch Klebeband und Kabelbinder zusammengehalten wurde. „Vielleicht. Kannst du Joe bitten, mal nachzusehen?"

Jeanette verzog das Gesicht. „Er ist im Badezimmer und kotzt sich die Seele aus dem Leib. Ich werde gehen."

Mist. Joe war noch neu im Team und trotz seiner Behauptung, eine Menge Erfahrung mit einer Crew auf dem Beringmeer zu haben, schien er nicht wirklich die Robustheit eines Seemanns aufzuweisen. Jeanette war zwar großartig darin, Fische aus dem Netz zu holen, war aber kaum größer als eine dürre Zwölfjährige. Ein Windstoß und sie wäre vom Deck verschwunden. „Ich werde nachsehen. Übernimm das Steuer."

Nachdem sich Lana einen Regenmantel und eine Schwimmweste geschnappt hatte, wagte sie sich in den Sturm. Das schwankende Deck schickte sie stolpernd auf die Antenne zu. Sie packte das dicke Seil, das um die Kabine führte, und kniff gegen den Regen die Augen zu. Die Antenne war noch an Ort und Stelle, aber die Navigationslichter darunter waren aus.

Schäumendes Salzwasser stürzte über die Reling. Sie hielt sich fest, bis sich das Wasser zurückzog. Anschließend musterte sie den Bereich, wo die Drähte gebogen und durch ein Loch in die Kabine gelangten. Es zeigte, dass die Kunststoffbeschichtung ausgefranst war und so die Metalldrähte im Freien lagen.

„Verdammt", fluchte sie, als sie sich wieder auf den Weg zur Kabinentür begab. Wann war das passiert? Es war unmöglich, das sofort zu reparieren.

Das Boot richtete sich steil auf. Sie packte das Seil mit beiden Händen und die rauen Fasern kratzten über ihre Handflächen. Zum Hafen zurückzukehren, war die beste Idee. Das Boot senkte sich wieder, sodass sie nach vorn stolperte. Die Tür zur Kabine war nur ein paar Schritte entfernt, als von hinten eine Welle gegen sie krachte. Sie wurde von dem Führungsseil gerissen und auf das Deck geworfen. Ihr Atem verließ sie, und der Schock eisigen Wassers machte das Einatmen für einen Moment unmöglich. Verzweifelt suchte sie mit den Händen nach Halt, während sie über das Deck rutschte.

Ihre Schulter knallte auf der anderen Seite gegen die Reling, der Aufprall nur durch ihre Rettungsweste gedämpft. Keuchend streckte sie die Hände aus, doch ihre Handflächen rutschten entlang des nassen Metalls.

Dann kippte das Boot, kippte und kippte, bis sie vom Wasser vom Deck gespült wurde.

Für eine erschreckende Sekunde tauchte sie unter, bevor ihre Schwimmweste sie wieder an die Wasseroberfläche brachte. Sie hustete, schnappte nach Luft und kämpfte darum, ihren Kopf über den Wellen zu halten.

„Jeanette!", schrie sie. Hatte irgendjemand bemerkt, dass sie über Bord gegangen war?

Mit den Gliedmaßen steif vor Kälte löste sie die Verschlüsse an ihren Stiefeln, trat sie von sich, bevor sie sich mit Wasser füllten und sie nach unten gezogen wurde. Nichtsdestotrotz riss die Strömung an ihr, als sie versuchte, in Richtung der *Willy Nilly* zu schwimmen. Die Wellen waren entschlossen, sie vom Boot wegzutreiben, und der Wind schien sie aus jeder Richtung zu treffen.

Sie saugte die Lungen voll Luft, bevor eine aufschäumende graue Welle sie erfasste. Als sie wieder auftauchte, war das Boot verschwunden. Sie drehte sich, suchte die unruhige See ab und entdeckte schließlich das Bootswappen hinter einer entfernten Welle.

Ihre Brust verengte sich. *Oh Gott, ich werde hier draußen sterben.*

Sie erinnerte sich an Elias, der ihr geraten hatte, sie solle an Land bleiben, bis der Sturm vorbeigezogen war. Hätte sie doch nur auf das Arschloch gehört. Sogar im Sommer waren die Gewässer Alaskas kein Ort zum Schwimmen; ihre Arme und Beine fühlten sich bereits taub an. Getrieben von ihrer Schwimmweste fühlte sie sich wie eine Boje. Eine Welle schwappte über sie hinweg und ihr Kopf war kurzzeitig unter Wasser. Dieses Muster setzte sich unvorhersehbar fort. Ihre Zähne klapperten und ihre Augen brannten von dem Salzwasser. Mit jeder Sekunde schaltete ihr Verstand weiter nach unten, während ihr Herz damit beschäftigt war, Blut zu ihrem Gehirn fließen zu lassen.

Die Welle, auf der sie geritten war, schien wie bei einer Achterbahnfahrt plötzlich in die Tiefe zu schießen und ließ ihren Magen zurück. Sie fiel und es löste sich ein Schrei aus ihrem Mund. Dann tauchte sie unter die Wasseroberfläche und konnte oben von unten nicht länger unterscheiden. Tosende Dunkelheit umgab sie. Mit beiden Händen an der

Schwimmweste drückte sie die Augen zu und wartete darauf, dass sie wieder aufgerichtet wurde.

Ihre Lungen standen kurz vorm Bersten. Als sie fast bereit war, aufzugeben, traf sie auf etwas Festes, das ihren Antrieb nach oben bildete.

Keuchend und hustend brach sie durch die Oberfläche. Gleichzeitig versuchte sie, ihre Augen vom brennenden Wasser zu befreien. Etwas hatte sich hinten an ihrer Weste eingehakt und zog sie nun über die Wellen. Ihr Arsch und ihre Beine trafen im Wasser immer wieder auf etwas Warmes. Gott, sie wollte sich umdrehen und die Wärmeflasche umarmen.

Unfähig, ihren Kopf zu drehen, konzentrierte sie sich auf ihren Tastsinn, streckte die Hände aus und traf mit den Fingerspitzen auf glattes Fell und geschmeidige Muskeln. *Ein Seehund?*

Das Tier bewegte sich wie ein Torpedo und behandelte sie wie einen Reiter auf einem durchgegangenen Pferd. Unter flachen Atemzügen schloss sie die Augen, um zu vermeiden, dass ihr Salzwasser in die Augen spritzte. Sie hatte keine Ahnung, was los war, hatte aber nicht die Kraft, dies herauszufinden. Selbst mit dem Adrenalin, das durch sie floss und der zusätzlichen Wärme des Seehundes, war ihr Körper dem Ende nah. Der Drang, jetzt zu schlafen, erschwerte es ihr, bei Bewusstsein zu bleiben.

Solange die Kreatur sich nicht entschied, sie auf den Grund des Meeres zu ziehen, musste sie auch nicht dagegen ankämpfen. Und im Moment fühlte es sich an, als wäre das Tier das Einzige, was sie am Leben hielt.

Elias war in dem Moment ins Wasser gesprungen, als das Maydaysignal der *Willy Nilly* über den Funk reinkam. Seine Selkie-Sinne waren verlässlicher darin, ihn zu seiner Gefährtin zu führen. Aber jetzt, da keines der Boote noch in Sichtweite war, blieben ihm nur wenige Möglichkeiten, Lana in Sicherheit zu bringen. Sie war schlaff geworden und er wusste, dass der kalte Ozean seinen Tribut forderte.

Ihren Kopf über Wasser haltend, schwamm er so schnell er konnte zum Ufer. Er musste sie aus dem Wasser bekommen und sie sofort aufwärmen. Sein Kiefer schmerzte, da er ihre Rettungsweste so fest packte, während er gegen die Strömung ankämpfte. *Schneller, verdammt.* Ein zerklüfteter Strand rief seinen Namen, aber die Wellen, die gegen die dunklen Felsen stießen, erschwerten es ihm, sich zu nähern.

Trotzdem riss er sie mit sich und schirmte sie mit seinem eigenen Körper ab, als die Wellen ihn vom Kurs abbrachten und ihn auf die wenig einladenden Felsen zutrieben. Er krachte gegen Stein und stieß an von Seepocken befallene Felsbrocken. Bis er den Kiesuntergrund erreichte, der das Ufer markierte, blutete er an mehreren Stellen. Zum Glück heilten Gestaltwandler schnell. Als seine Flossen den Boden berührten, wechselte er in die menschliche Form und hob Lana aus dem Wasser und in seine Arme.

Mit ihr an seiner Brust trug er sie aus der schaumigen Brandung. Der Wind wehte seinen warmen Atem weg und erschwerte es ihm, seine Augen offen zu halten, als er zu einer Reihe von deformierten Fichten hinkte. Lana fühlte sich wie totes Gewicht in seinen Armen an. Ihre Haut war kreidebleich und ihre Lippen blau. Vor einem Baum senkte er sie auf das Moos, wo das Immergrün einen anständigen Schutz vor dem strömenden Regen bot.

Er legte zwei Finger an ihren Hals und fand ihren Puls. Er war schwach, aber Elias konnte sehen, wie sich ihre Brust hob und senkte. *Am Leben.*

Erleichterung erfüllte ihn. Es war jedoch besorgniserregend, dass sie nicht zitterte. Wenn es ihr so kalt war, dass sie nicht mal mehr zitterte, könnte es schon zu spät sein. Ohne ein Feuer oder sogar einen wirklichen Schutz vor den Elementen gab es nur eine Option – Körperwärme.

„Wehe, du stirbst, Lana", murmelte er, als er ihr die Rettungsweste auszog und ihren Kapuzenpulli und die Jeans, die sich mit Wasser vollgesaugt hatten, von ihrem Körper schälte. Er entledigte sich seiner Robbenfellweste und wies sie an, sich auszubreiten, bis sie die Größe einer Decke hatte. Kein Mensch hatte ihn jemals ohne sein Fell gesehen – weder in seiner Tier- noch in seiner Menschenform. Es war ein Teil von ihm, so wie das auch seine Augen oder Hände waren. Ohne es verlor er seine Macht und wäre nicht länger dazu fähig, sich zu verwandeln.

Er legte sich neben Lana auf das Moos, zog das Fell über sie beide und sicherte es um ihre Beine und Schultern. Ihr Körper fühlte sich zerbrechlich und kalt an, als er sich von hinten gegen sie presste und sie an seine Brust zog. Sie stieß einen winzigen Seufzer aus und schmiegte sich an ihn, als ob sie unbewusst erkannte, dass sie endlich dort war, wo sie hingehörte.

Unter dem Salzwasser, das ihr Haar und ihre Haut bedeckte, roch sie nach Zimt. Sein Körper reagierte mit unangenehmer Intensität auf ihre Nähe, und sein Tier vollzog einen erfreuten Salto nach dem anderen.

Er legte beide Arme fest um sie und versuchte, nicht an den roten Spitzen-BH und das einfache Baumwollhöschen an ihrem Körper zu denken. Natürlich passte ihre Unterwäsche nicht zusammen. Wahrscheinlich kleidete sie sich mit der gleichen Spontanität und mangelnden Planung, die sie sonst auch an den Tag legte. Von allen Menschen auf der Welt hatte das Schicksal ihn mit seinem kompletten Gegenteil gepaart.

Leider garantierte die Anziehungskraft zwischen zwei Parteien noch lange kein Happyend. Nur wenige der alten Geschichten über Selkies, die ihre menschlichen Gefährten entführten, endeten gut; zwangsläufig kehrten die Selkies allein ins Meer zurück. Elias war bereits dazu verdammt, den Rest seiner Tage damit zu verbringen, sich nach einer Frau zu sehnen, die ihn hasste. Es gab keinen Grund für ihn, ihre Vorwürfe zu bekräftigen, indem er sie für sich beanspruchte. Als Mensch hatte Lana das Glück, dass sie nicht mit der panischen Leere leben musste, die ein unerfüllter Bund mit sich brachte.

Als sie dort lagen, wurde ihre Atmung tiefer und ihre Haut erwärmte sich. Erleichtert entließ er einen Seufzer. Sie würde sich erholen. Mit den Fingerspitzen glitt er über ihren Bauch nach oben und hielt inne, bevor er die Schwellung ihrer Brust erreichte. *Verflucht sei das Schicksal, das uns hier und jetzt zusammengebracht hatte.* Zusammen, nackt, so wie in seinen Träumen.

Als er die Augen schloss, ballte er seine Hände zu Fäusten und konzentrierte sich auf seine Atmung. Das Letzte, was er brauchte, war, dass sie ihn beschuldigte, ihren geschwächten Zustand ausgenutzt zu haben. Sobald er absolut sicher war, dass es ihr so weit gut ging, würde er zurück ins Meer springen und Hilfe holen. Er sollte wahrscheinlich jetzt gehen, bevor sie aufwachte, aber ihre Kleidung war nass, und hier gab es Bären. Und wenn sie allein aufwachte, könnte sie sich erneut in Gefahr bringen. Es war besser, zu warten, bis sie wieder vollkommen bei sich war und sich ihrer Situation bewusst.

Sein Seehund heulte in seinem Kopf. Bilder von ihr, wie sie sich rittlings auf ihn setzte, bis hin zu dem exquisiten Vergnügen, ihre enge Hitze um seinen Schwanz zu spüren, ließen ihn laut aufstöhnen. *Das wird niemals passieren,* sagte er seinem Tier.

Nichtsdestotrotz schlief er ein und träumte davon, seine Zähne in ihre Schulter zu schlagen und sie mit dem Biss zu versehen, der sie lebenslang an ihn binden würde.

Ob sie sich nun mochten oder nicht.

6

Ein Luftzug weckte Lana und sie rollte herum, um sich wieder vollständig zuzudecken. Ihre Fingerspitzen trafen auf raues Fell, was sogar nichts mit ihrer kuscheligen Fleecedecke gemein hatte. Ihre Augen sprangen auf. Ein Mosaik aus Ästen blockierte den Großteil des grauen Himmels über ihr. Das Geräusch von Regen und Wind erreichte sie, aber wo sie lag, war es trocken und glückselig warm.

Es dauerte einen Moment, bis alles zu ihr zurückkam: die ausgefransten Kabel, der Sturz ins Wasser, die betäubende Kälte. Ihr Verstand erinnerte sich nicht an die Einzelheiten, aber sie dachte, sie wäre von einer Robbe gerettet worden ...

Zu ihrer Linken schnarchte jemand leise. Sie drehte den Kopf und fand dunkles Haar mit silbernen Schläfen, einem stoppeligen Kiefer und einer vertrauten Narbe, die direkt durch seine Augenbraue verlief. „Elias?" Sie zuckte zurück, trat die Pelzdecke von sich und rollte weg. Kalte Luft traf ihre Haut, sodass ihr Blick nach unten fiel und sie feststellen musste, dass sie abgesehen von ihrem BH und ihrem Höschen nichts am Körper trug. „Was zum Teufel?"

Elias öffnete seine dunklen Augen und streckte sich, als ob er jeden Morgen eines jeden Tages auf diese Weise aufwachte. Seine Brust war nackt, muskulös mit Haaren, die nach unten spitz zuliefen, bis sie unter dem schwarz gescheckten Robbenfell verschwanden, das über seiner Hüfte lag. Sein Blick schweifte über ihren Körper, und sie schwor, ein Lächeln auf seinen Lippen zu erkennen. „Lana."

Auf dem feuchten Moos kniend legte sie die Arme über ihre wichtigen Stellen, während sie sich nach ihren Klamotten umsah. Elias und sie befanden sich unter den dicken Ästen einer windgeschüttelten Fichte, und das Geräusch der Brandung, die gegen die Felsen krachte, sagte ihr, dass sie in der Nähe des Ufers waren. Aber wo?

Der Boden neigte sich zum Baum hin nach oben, vom Regen getrübte Steine formten eine geschützte Höhle um den Stamm. In der Nähe lagen über den Boden verteilt ihre Kleidungsstücke. „Warum bin ich nackt?"

„Du warst unterkühlt. Ich hatte nicht die Möglichkeit, ein Feuer zu entfachen, also ..." Er zuckte die Achseln und blickte auf seine Brust, dann sah er sie mit hochgezogenen Augenbrauen an, als wäre das Erklärung genug.

Sie runzelte die Stirn. Da hatte er nicht Unrecht. „Körperwärme. Na gut. Aber wie kommt es, dass du hier bist?"

Elias blieb auf dem Moos liegen, hatte es sich beunruhigend bequem gemacht, wenn man die Situation betrachtete. „Deine Besatzung hat einen Notruf gesendet. Ich bin gekommen, um dich zu retten."

Sie starrte ihn mit weit aufgerissenen Augen an. Sie hatte sein Boot nicht gesehen, aber bei den riesigen Wellen war das nicht seltsam. Nach nur wenigen Minuten war die *Willy Nilly* außer Sichtweite gewesen. „Aber wie bist du im Wasser gelandet?"

Sein Blick traf mit einer Intensität auf ihren, die ihr regelrecht unangenehm war. „Ich konnte nicht daneben stehen und zusehen, wie du ertrinkst."

Ihre Kehle fühlte sich zugeschnürt an und sie senkte den Blick. Sie mochte es nicht, sich jemandem verpflichtet zu fühlen – schon gar nicht bei Elias Sobol, aber nun war es eben so. „Danke."

Sie hob ihren nassen Kapuzenpulli auf und holte ihr Handy aus der Tasche. Die Hülle von OtterBox hatte das Telefon vor Wasser geschützt, aber der Akku war leer. Als sie das letzte Mal nachgesehen hatte, waren es noch über fünfzig Prozent gewesen. Vielleicht hatte die Kälte ihren Teil dazu beigetragen. Wie lange waren sie schon hier draußen? Sie rieb sich die Stirn und blickte in den Regen hinaus. Das graue Tageslicht machte es unmöglich zu beurteilen, wie spät es war. „Verdammt, mein Telefon ist tot. Hast du irgendeine Ahnung, wo wir sind?"

„Nein. Ich war einfach froh, Land gefunden zu haben."

„Scheiße. Ich frage mich, wie weit uns die Strömung getragen hat." Die Flut am Meeresarm kam mit einer Gewalt und riss alles mit sich.

Sie suchte den Rest ihrer Kleidung zusammen und spürte, wie sein Blick ihr bei jeder Bewegung folgte. Das Arschloch genoss diese Situation, aber undankbar wollte sie auch nicht sein. Er war über Bord gegangen, um sie zu retten, und jetzt war er hier ebenso gestrandet. „Wo ist deine Kleidung?"

Er richtete die Weste über seiner Hüfte, und das Kleidungsstück schien nun ... kleiner. „Ich, ähm, habe sie am Strand liegen lassen."

Sie wrang ihr T-Shirt so gut sie konnte aus und zog es sich über den Kopf. Ein unwillkürlicher Schauer schoss durch sie. Juli in Alaska konnten kalt sein, wenn die Wolken die Sonne blockierten und der Wind beißend daherkam. „Brrr."

„Du wirst dich wieder unterkühlen", sagte Elias, seine Stimme heiser. „Komm zurück unter das Fell."

Ihr Magen flatterte, und für einen Moment war sie versucht, genau das zu tun. Sie war seit ihrer Nacht mit Cal nicht mehr berührt worden. Anscheinend sehnte sie sich nach menschlichem Kontakt. Sie schüttelte diese Sehnsucht ab. War dieses Gefühl darauf zurückzuführen, dass sie dachte, ihm etwas zu schulden, oder spielten ihre Hormone verrückt?

Selbst wenn Elias Sobol der letzte Mann auf Erden wäre, wollte sie mit ihm nichts zu tun haben.

Sie schluckte und erkannte, dass er der letzte Mensch sein könnte, den sie jemals zu Gesicht bekam. Die Menschen verirrten sich ständig in der Wildnis Alaskas und wurden nie wieder gesehen. *Das wird nicht passieren, Lana.* Sicher würde sie jemand finden und retten. Zwei Boote vermissten Crewmitglieder. Es war also die doppelte Menge an Leuten, die etwas in die Wege leiten würden. Sie musste nur ein Signalfeuer errichten.

Sie sah sich nach ihren Stiefeln um, entdeckte sie aber nicht und erinnerte sich vage daran, dass sie die Schuhe und ihre Wathose im Wasser von sich getreten hatte. Sie suchte nach ihrer Jeans und wrang das Material aus. „Wir können nicht einfach herumliegen und darauf warten, gerettet zu werden. Wir brauchen ein Signalfeuer oder etwas Ähnliches."

Elias stand auf und sie konnte nicht anders, als zu starren. Er hatte den Körper eines Unterwäschemodels – ohne die Unterwäsche. Seine muskulösen Oberschenkel führten zu schlanken Hüften, und zwischen den Haaren in seinem Intimbereich sah sie einen halbsteifen Schwanz, bei dem sie sich fragte, wie er aussah, wenn er vollkommen bereit für eine Frau war. Er nahm das Robbenfell und sie erkannte, dass es sich dabei um seine Weste handelte. Er zögerte einen Moment. Sie hob ihren Blick von seinem Schritt und sah das Grinsen auf seinen Lippen.

Hitze breitete sich in ihren Wangen aus. *Was ist mit mir los?* Als sie sich abwandte, schob sie ihre Beine in ihre nasse und von dem Salzwasser verkrustete Jeans. „Ich gehe zum Strand. Vielleicht erkenne ich, wo wir sind."

„Ich werde dich begleiten."

Schuhlos entfernte sie sich vom Unterschlupf der Bäume. Ohne den Schutz der Fichte fiel der Regen so hart, dass er vom Boden abprallte und es scheinbar nach oben regnete. *So viel zum Auswringen meiner Kleidung.* Sie zitterte. Wäre es noch kälter, würde es hageln.

Elias hatte es irgendwie geschafft, seine Pelzweste in einen Kilt um seine Taille zu verwandeln. Jetzt erinnerte er an einen wilden Höhlenmenschen in einem Lendenschurz. Sie wollte sich für die unzüchtigen Gedanken, die sie über ihn hatte, selbst eine Ohrfeige verpassen. Stattdessen beschleunigte sie ihre Schritte, bis sie den recht kleinen

Strandabschnitt erreichte, der aus grauem Schlamm bestand. Innerhalb weniger Meter ging das Ufer in Wellen über, die an den gezackten Felsen Schaum erzeugten. Zu beiden Seiten von ihnen befanden sich steile Klippen.

Der Regen attackierte von der Linken, was das Atmen erschwerte. Sie blinzelte das Wasser weg, das von ihren Haaren in ihre Augen strömte und ließ den Blick über den Horizont schweifen. Rettungsflugzeuge und Hubschrauber würden bei diesem Wetter nicht abheben. Auch Boote brachten sich bei dieser Wetterlage in Sicherheit. *Was habe ich mir dabei gedacht, mit der Willy Nilly rauszufahren?* Sie suchte den Strand nach Elias' Sachen ab. „Ich sehe deine Kleidung nicht."

Mit der Hand schützte er seine Augen vor dem Regen und schenkte der Küste einen flüchtigen Blick. „Muss im Sturm weggespült worden sein." Er wandte sich vom Wasser ab und streckte die Hand nach ihr aus. „Wir sollten zu dem Unterschlupf zurück und warten, bis der Sturm vorbei ist."

Der vom Sturm beherrschte Himmel hatte sich verdunkelt und signalisierte den Sonnenuntergang. Er hatte Recht, aber sie wollte es nicht zugeben. Und schon gar nicht wollte sie seine Hand halten. Sie schlang ihre Arme um ihren Oberkörper und schüttelte den Kopf. „Ich schaffe es allein zurück."

Seine Augen verfinsterten sich, und er ließ seine Hand fallen. „Wenn du denkst."

Er ging mehrere Schritte nach vorn, bevor sie ihm schließlich doch zurück zu der Fichte folgte. Elias setzte sich und lehnte sich gegen den Stamm, fand ihren Blick und forderte sie wortlos heraus. Sein Körper nahm den Großteil des Bereichs ein. Es gab keine Möglichkeit, physischen Kontakt zu vermeiden. Mit jeder Minute wurde ihr kälter, jeder Atemzug verursachte Brustschmerzen. *Scheiß drauf.* Widerwillig setzte sie sich neben ihn.

„Du zitterst wieder." Er legte seinen Arm um ihre Schultern und zog sie an sich. „Wir müssen uns gegenseitig warm halten."

Sie erstarrte und ein Protest lag ihr auf der Zunge. Dann traf seine Hitze auf sie und sie schmiegte sich dankbar an ihn. „Wieso bist du so warm?"

„Übung, schätze ich. Mein Vater hat uns als Kinder in die Brandung geworfen. Er meinte immer, es würde uns zu einem Leben auf See akklimatisieren."

„Das klingt schrecklich." Sie schüttelte den Kopf. „Ich gehöre zu der Sorte Mensch, die zuerst einen Zeh eintaucht und sich dann zwanzig Minuten Zeit nimmt, um ihre Haare nass zu machen."

Er gluckste und bei der Vibration machte sich ein Flattern in ihrem Bauch bemerkbar. Sie hatte erwartet, dass seine Weste wie ein nasser Hund riechen würde, aber sie duftete angenehm, warm und moschusartig mit einem Hauch von Kiefer, was wohl auf den Baum hinter ihnen zurückzuführen war.

Auf der Suche nach einem Themenwechsel fragte sie: „Glaubst du, sie werden uns finden?"

Sobald die Sonne unterging, wären sie seit mindestens zwölf Stunden verschwunden. Und nach vierundzwanzig Stunden suchten die Rettungskräfte nicht länger nach Überlebenden, sondern nach Leichen.

„Wir müssen nur am Leben bleiben, bis sie es tun." Er legte seine Wange an ihren Kopf, eine vertraute Geste, bei der sie sich nicht so wohlfühlen sollte. Aber ... er war so warm.

„Ich kann nicht glauben, dass ich ausgerechnet mit dir hier festsitze", murmelte sie.

Ein tiefes Lachen rollte aus seiner Brust. „Ich bin nicht so schlecht, wie dein Ehemann dich hat glauben lassen."

Peter. Er war auf jeden Mann eifersüchtig gewesen, der in ihre Richtung blickte – besonders auf Elias. Sie wusste, dass er dieses Verhalten nicht an den Tag gelegt hatte, weil er sie für eine Schönheit hielt. Sie war gewöhnlich. Ihre Wangen immer rot, ihre Haare ein langweiliges Braun, immer zerzaust und niemals gestylt. Aber Peter hatte es geschafft, dass sie sich wunderschön fühlte. *Alle Frauen hatte er so fühlen lassen.* Sie schob diesen Gedanken nieder und weigerte sich, schlecht über die Toten zu denken. Sie hatte ihn nie beim Fremdgehen erwischt, aber sie wusste, dass er es getan hatte. Sie wusste auch, dass Elias Sobol ein weitaus größeres Arschloch war als Peter. *Auf keinen Fall werde ich mich von Elias erweichen lassen – nicht einmal unter diesen Umständen.*

Sie rief jede Unze ihrer Willenskraft herbei, zog sich zurück und bedauerte die kalte Front, die sich zwischen sie drängte. „Ich schätze, wenn wir jemals lebend hier rauskommen, schulde ich dir etwas."

Nachdem sie ihm den Rücken zugewandt hatte, rollte sie sich auf dem Moos zusammen und gab vor, zu schlafen.

7

Angespannt lag Elias neben Lana und lauschte ihren Atemzügen. Er hatte einen Moment lang gedacht, sie würde sich ihm annähern, sodass er ihr endlich zeigen konnte, dass er nicht der Bösewicht war, als den ihr Mann ihn verkauft hatte. *Ich hätte ihren Mann nicht erwähnen sollen.* Es war offensichtlich, dass sie keine Ahnung hatte, dass Peter sie betrogen hatte, und sie weit davon entfernt war, mit Elias die Erinnerung an einen Toten zu besudeln. Zumal sie Elias ohnehin nicht glauben würde. Er könnte hundert Jahre damit verbringen, zu beweisen, dass er kein Bösewicht war, und sie würde ihm trotzdem die kalte Schulter zeigen.

Mit ihr gestrandet zu sein, würde ihre Beziehung nicht heilen. Und je mehr Zeit er in der Nähe von ihr verbrachte, desto verzweifelter wollte sein Tier sie behalten, ganz für sich allein, ob sie ihn nun mochte oder nicht. Er musste gehen, bevor er und sein Seehund etwas taten, was sie nicht zurücknehmen konnten.

Sobald er sich sicher war, dass Lana schlief, bedeckte er sie mit ihrem Regenmantel, um die wenige Wärme zu bewahren. Dann ging er auf Abstand. Er hätte ihr sein Fell gelassen, aber er brauchte es. Schade, dass Selkies keine Ferntelepathie mit ihren Koloniemitgliedern hatten, so wie das bei anderen Wandlern der Fall war. Dann könnte er seine Crew zu sich rufen. Nun blieb ihm nichts anderes übrig, als zur Halbinsel zu schwimmen. Das würde Stunden dauern, und mehr Zeit würde vergehen, um ein Rettungsteam zusammenzubringen.

Als er in die Brandung watete, passte er das Fell an und ließ die Verwandlung geschehen. Wie immer umhüllte ihn ein magischer Schimmer, während sich seine Glieder verkürzten und seine Beine miteinander verschmolzen. Mit einem Schulterzucken entledigte er sich dem unangenehmen Gefühl, als sich sein Gesicht streckte und Schnurrhaare aus seiner Nase sprossen. Das Fell verschmolz mit seiner Haut und breitete sich aus, schützte ihn vor dem kalten Wasser, bis er wieder in seinem schnittigen Selkie-Körper war.

Er tauchte ins Meer, schwamm direkt unter der Wasseroberfläche, manövrierte an Felsen vorbei und machte sich auf den Weg nach Osten. Sein innerer Kompass führte ihn nachhause. Jacob würde das Wasser in der Gegend patrouillieren und hoffentlich Lachs fangen, während er auf Elias' Rückkehr wartete. Diesel war nicht billig, und es wäre schön, genug Fisch zu fangen, um zumindest die Kosten für die letzten Tage zu decken.

Nach etwa einer Stunde spürte Elias die Anwesenheit seiner Mannschaft in der Nähe und durchbrach mit dem Kopf die Wasseroberfläche. Er ließ den Blick durch die Dämmerung schweifen, bis er die Lichter der *Utkin* in der Ferne entdeckte. Ein mentales Signal an seine Männer und dann sprang er über den Wellen auf das Boot zu. Sobald er neben dem Rumpf war, verwandelte er sich wieder in einen Mann und kletterte die seitlich angebrachten Sprossen nach oben.

Die gesamte Crew wartete am Deck auf ihn, das Licht über der Tür zur Kabine zeigte ihre besorgten Gesichter. Jacob streckte die Hand nach ihm aus, seine Stirn in Falten. „Ich nehme an, du hast sie nicht gefunden?"

Elias balancierte auf dem schwankenden Deck. Der Sturm hatte nachgelassen, aber der Regen verblieb und das Meer war aufgewühlt. „Ich habe sie zu einer der Inseln gebracht. Sie war unterkühlt, aber es geht ihr jetzt gut." Er ging zum Steuerhaus. „Wir können das Rettungsboot nehmen, um sie zu holen."

„Und?", fragte Jacob hinter ihm, der Rest der Mannschaft direkt dahinter. „Haben wir ein neues Koloniemitglied?"

„Nein", sagte Elias kurz angebunden.

Die Besatzung murmelte unzufrieden – offensichtlich hatte Jacob ihnen alles erzählt. Jetzt würden ihn die Männer bis in alle Ewigkeit necken. Er wollte nur vergessen, dass all das jemals passiert war.

Er wechselte das Thema. „Wie geht's der *Willy Nilly*?"

„Sie mussten zurück in den Hafen gezogen werden. Das Navigationssystem hat rumgesponnen, aber der Crew geht's gut", antwortete Jacob.

Jemand stieß Elias den Ellbogen in die Niere. Er drehte sich um und sah, dass er von seinen Besatzungsmitgliedern umzingelt war.

Er zog die Augenbrauen zusammen. „Was zum Teufel?"

„Jacob meinte, dass sie deine Gefährtin ist", sagte Bobby und schüttelte Regen aus seinen dunklen Haaren. Er stand gebeugt, um mit dem Kopf nicht gegen die Decke zu stoßen. „Jetzt verstehen wir, warum du uns in den letzten zwei Saisons so auf den Sack gegangen bist."

Walton fügte hinzu: „Wir wollen hören, wie es gelaufen ist."

„Sie hasst mich. Punkt." Elias warf einen Blick auf die Navigationskarten. „Jetzt lasst mich die Rettungsmission zu Ende bringen."

„Du hattest sie für dich allein!", sagte Bobby. „Warum bist du nicht bei ihr?"

Dean kratzte sich am Kopf. „Und wie willst du ihr erklären, dass du plötzlich auf dem Ruderboot der *Utkin* auftauchst?"

Elias warf dem Wolfswandler über seine Schulter einen genervten Blick zu. „Sie wird für eine Rettung dankbar sein. Ich bezweifle, dass sie sich Gedanken darüber machen wird, wie es dazu gekommen ist. Falls sie fragt, werde ich ihr sagen, dass ich am Strand war und euch herangewunken habe."

Walton starrte ihn mit seinen durchdringenden Augen direkt unter seiner Robbenfellmütze an. „Du musst zu ihr zurück."

„Verbringe mehr Zeit mit ihr", fügte Bobby hinzu. „Das ist deine Chance, sie für dich zu beanspruchen."

„Ich wünsche mir nur, diese Sache hinter mich zu bringen, sodass sie mich wieder aus der Ferne hassen kann", knurrte Elias.

Jacob verschränkte die Arme. „Nein. Tut mir leid, Kumpel. Ich stimme den Jungs zu. Du hast eine Gefährtin in Aussicht, was mehr ist, als jeder von uns sagen kann. Du wirst zurückgehen und es endlich offiziell machen."

Elias wandte sich mit seiner Alpha-Stimme an sie: „Wer ist hier der Kapitän? Ich. Ich habe das Sagen. Jetzt raus hier, damit ich unseren Kurs planen kann."

Jacob zog eine Augenbraue hoch und warf einen flüchtigen Blick zu den anderen Männern.

Elias verengte die Augen und fühlte, dass sie ihn aus der mentalen Verbindung herausdrängten. Unter Selkies war nicht nur die mentale Verbindung schwächer ausgeprägt als bei anderen Wandlern, denn auch die Macht eines Alphas war begrenzt. Heute schien seine Besatzung diesen Ruf zu ignorieren.

Bobby zuckte mit den Achseln und machte einen Schritt nach vorne. „Los."

Plötzlich wurde er von seinen Männern gepackt.

„Was zum Teufel?" Er wehrte sich, als sie ihn aus dem Ruderhaus und in den Regen zerrten. „Lasst mich los." Sie zogen ihn zur Reling. „Das werde ich nicht durchgehen lassen!"

Als eine Einheit warfen sie ihn über Bord.

Sein Instinkt verwandelte seinen Sturz in einen eleganten Kopfsprung. Beinahe geräuschlos tauchte er in das Wasser und erschien erneut ein paar Meter weiter. Er veränderte seine Gestalt nicht, sodass er seine Mannschaft anfunkeln konnte, die sich wie Hühner auf der Stange an der Reling positioniert hatten. „Das ist Meuterei!", rief Elias.

Jacob lachte. „Nenn es Meuterei, wenn du willst, aber wir lassen dich erst wieder an Bord, wenn du dich mit Lana durch einen Kuss vertragen hast."

Elias fletschte seine Zähne und suchte nach einem überzeugenden Argument. „Ich habe keine Überlebensausrüstung. Sie könnte da draußen sterben."

„Hör auf mit dem Scheiß." Jacob verschränkte die Arme vor der Brust. „Ich war mit dir in der Prinz-William-Sund-Bucht. Du weißt, wie man überlebt." Er bezog sich auf den Sommer nach der Highschool, als sie beschlossen hatten, ihre Selkies zu akzeptieren und für eine Zeit abseits der Zivilisation zu leben. Zwei Monate verbrachten sie in freier Wildbahn, bis sie beide entschieden, dass sie Pizza vermissten und jetzt nachhause wollten.

Bobby grinste ihn an. „Frauen lieben diesen Jäger/Sammler-Scheiß. Beweise, dass du ein würdiger Gefährte bist."

Jacob trat von der Reling zurück. „Geh schon, Elias. Wir haben Fische zu fangen, bevor der Ansturm nachlässt. Ich habe das Gefühl, dass wir das Geld für Hochzeitsgeschenke brauchen werden."

Die anderen Männer nickten und grinsten. Es gab kein Zurück. Sie würden ihn nicht an Bord der *Utkin* kommen lassen. Er konnte den ganzen Weg nach Kenai schwimmen und Lanas Aufenthaltsort der Küstenwache melden, aber das würde eine Menge Erklärungen nach sich ziehen, die nicht Lanas Version der Dinge entsprechen würden. Er würde sich einen anderen Plan überlegen müssen. In der Zwischenzeit musste er sicherstellen, dass Lana versorgt war.

Ein letztes Mal richtete er einen genervten Blick zu seinen Männern, bevor er sich in seine Tiergestalt verwandelte.

Lautes Lachen folgte ihm auf dem Weg zurück zur Insel.

8

Lana wachte zitternd auf. Elias' Hitze fehlte. Sie zog die Knie an ihre Brust, kuschelte sich unter ihren Regenmantel und wartete darauf, dass er zurückkam. Aus Minuten wurde eine halbe Stunde. Sie setzte sich auf und rief nach ihm, erhielt aber keine Antwort. Wo war er hin?

Da sie noch nie besonders gut im Warten war, stand sie auf, schob ihre Arme in die feuchten Ärmel ihres Hoodies und fügte mit ihrem Regenmantel eine weitere Schicht hinzu. Unter den schützenden Ästen trat sie heraus. Der Regen und der Wind hatten aufgehört, aber die Morgenluft fühlte sich an, als hätte sie einen Gefrierschrank geöffnet. „Elias!"

Nur das Rauschen der Wellen und der Schrei einer Möwe antworteten ihr an diesem frühen Morgen. Plötzlich sah sie sich dem Gedanken gegenüber, allein gestrandet zu sein. Sie kletterte auf einen nahegelegenen Felsen und sah sich um. Ein Fluss bahnte sich einen Weg durch das sumpfige Gelände zum Strand und bei dem Anblick wurde sie sich bewusst, wie trocken ihr Mund war. So durstig sie auch war, wusste sie es doch besser, als daraus zu trinken. Sie betete, dass der Fluss zu einer Quelle führte, von der sie bedenkenlos ein paar Schlucke nehmen konnte. Vielleicht war Elias auf der Suche nach Wasser?

Sie folgte dem Pfad nach oben und erwärmte mit dieser Aktivität ihren Körper. Die Möglichkeit bestand, dass es hier Bären gab. Sie sang eines ihrer liebsten Kirchenlieder. Die friedliche Morgenstille fühlte sich zu unberührt an, um einen Favoriten aus den Top 40 herauszuholen, wie sie es normalerweise tat, wenn sie auf dem Boot arbeitete.

Die Sonne lugte nur ein wenig über den Horizont, der Himmel in ein schwaches Orange getaucht, dunkle Wolken vorherrschend. Der Sturm schien sich zu verziehen und der kleine wolkenfreie Bereich des Himmels gewann an Größe. Sie ging vorsichtig weiter nach oben, um sich mit ihren nackten Füßen nicht an den Felsen zu verletzen. Schließlich erreichte sie eine Pfütze direkt vor einem Felsen, die so groß war wie ein Waschbecken. Der Wasserlauf, dem sie gefolgt war, schien hier zu beginnen, und sie fiel dankbar auf die Knie. Es sollte sicher sein, von der Quelle zu trinken.

Das kalte, saubere Wasser löschte ihren Durst, und es war schwierig, sich auf ein paar Schlucke zu beschränken. Falls sie das Wasser jedoch nicht vertragen sollte, wäre es besser, nicht zu viel genommen zu haben. Sie wusch sich den Schmutz von ihren Händen und dem Gesicht, erhob sich und schaute sich um. Elias war offensichtlich nicht hier lang gekommen. Wo war er also?

Ihr Aufstieg hatte sie über das Baumkronendach gebracht, und vor ihr lagen noch etwa dreißig Meter bis zur kahlen, steinigen Spitze der Insel. Unten bildeten die zerklüfteten Klippen und das überhängende Unterholz einen flachen geschützten Bereich rund um das Ufer, an dem sie und Elias gestrandet waren. Der Wind hatte nachgelassen, aber die Morgenluft war immer noch ziemlich kühl, und sie sehnte sich nach Elias' Wärme. Am liebsten würde sie sich wieder im Unterschlupf an ihn kuscheln.

Mit ihren schmerzenden, nackten Füßen kletterte sie den Rest des Weges nach oben, um die gesamte Insel überblicken zu können. Sie sah nur Felsen, Bäume und Gras. „Elias!", schrie sie und suchte die Umgebung nach einer Bewegung ab. Weit unten, wo die Flut eingesetzt hatte, stießen scharfe Felsbrocken aus dem exponierten Watt. Ein Boot wäre mit so vielen Hindernissen nicht in der Lage, sehr nah an die Insel heranzukommen. Es war ein Wunder, dass sie und Elias das Ufer erreicht hatten, ohne an einem Felsen zerschmettert zu werden.

Es gab keine Anzeichen auf Elias, nur ein paar wütende Möwen, die ihre Nester beschützten. Ein Vogel flog gefährlich nahe an ihr vorbei und zwang sie, sich zu ducken. Da sie wusste, wie angriffslustig Möwen sein konnten, eilte sie den Hang hinunter, bevor sie ein Auge verlor. Gleichzeitig durchsuchte sie weiter das Gebiet nach Elias. Ein Teil von ihr fragte sich, ob sie sich seine Anwesenheit nur eingebildet hatte, so wie sie im Wasser auch gedacht hatte, dass er ein Seehund sei.

Unabhängig davon, ob sie Elias nun fand oder nicht, musste sie ein Feuer machen und Nahrung finden.

Dafür stand ihr nur ein winziges Taschenmesser zur Verfügung, das ihrem Vater gehört hatte und eher ein Talisman als ein Werkzeug war. Sie tätschelte ihre Jeanstasche, um sicher zu gehen, dass es noch da war. Vielleicht könnte sie sich einen Speer oder etwas Ähnliches schnitzen.

Am Unterschlupf vorbei lief sie zum Strand, der sich noch als Watt zeigte, das von Felsen übersät war. Sie schaute auf ihre nackten Füße, die Zehen eiskalt. Dabei sah sie die markante Grube im Schlamm, die auf eine Muschel hinwies. Begeistert, Nahrung gefunden zu haben, wählte sie ein kleines Stück Treibholz und machte sich ans Graben. Vorsichtig, um nichts zu riskieren. Der Küstenschlamm in Alaska konnte so tödlich sein wie das Wasser selbst. Schnell konnte man darin versinken und dann weigerte sich das graue Zeug, das Opfer wieder loszulassen, und so ertrank es, sobald die Flut kam.

Bei der kleinen Grube schob sie den dünnen Stock in den Schlamm. Theoretisch würde sich die Muschel um den Stock schließen, sodass Lana in Ruhe graben konnte. Nach ein paar Minuten und viel Schlamm trafen ihre Fingerspitzen auf die vertraute scharfe Kante einer Schwertmuschel. Verzweifelt grub sie und dann zog sie die Muschel heraus. Ein wunderschönes Stück. Ungefähr so groß wie ihre Hand mit einer olivgrünen Schale. Ihr Magen knurrte, als sie sich warme Muschelsuppe vorstellte. Anschließend zog sie eine Grimasse und erinnerte sich, dass sie weder Butter noch Milch hatte, sie hatte auch kein Feuer, um das Ding zu kochen.

Darüber kannst du dir später Gedanken machen. Sie stopfte die Muschel in die Tasche ihres Regenmantels und grub zwei weitere aus, bevor das Wasser sie erreichte.

Zufrieden mit ihrer Ausbeute wandte sie sich dem Ufer zu.

Während sie beschäftigt gewesen war, hatte die Flut sie vom Strand abgeschnitten, sodass sie auf diesem begrenzten Bereich festhing. Sie setzte sich in Bewegung und kämpfte gegen den kalten Schlamm an, der an ihren nackten Knöcheln zog. Der Boden wurde weicher und weicher, als das Wasser stieg, und sie versuchte, in der Nähe der Felsen zu bleiben. Beim nächsten Schritt sank sie um die zwanzig Zentimeter ein. Durch den Schwung ihrer Schritte fiel sie nach vorn auf ihre Hände. Salzwasser spritzte in ihre Augen, blendete sie, als sie sich erheben wollte. In dem Moment meldete sich ein Schmerz in ihrem Knöchel. Als sie ihn belastete, wimmerte sie. *Mist, Mist, Mist!*

„Ich habe es verdammt nochmal überlebt, über Bord gegangen zu sein. Da sterbe ich doch nicht wie eine Landratte im Schlamm", schimpfte sie und humpelte weiter nach vorn, jedem Schritt folgte ein qualvolles Stöhnen.

Als sie den Kanal erreichte, der sie vom Ufer trennte, hielt sie einen Moment inne. Um die zehn Meter trennten sie von einem sicheren Untergrund. Immer mehr Wasser erkämpfte sich den Bereich zurück. Es gab keine andere Wahl als vorwärts. Sie watete durch das Wasser. Die Kälte war nicht so schlimm, wie sie erwartet hatte, wahrscheinlich weil ihr bereits kalt und sie mit Schlamm bedeckt war. *So schlimm kann es nicht sein,* sagte sie sich. Schließlich hatte sie keinen Berg erklommen, nein, sie war nur in den Boden eingesunken. Als das Wasser ihre Oberschenkel erreichte, gab ihr Knöchel nach.

Sie wedelte mit den Armen, aber es half nichts, sie landete im Wasser.

Nach Luft schnappend tauchte sie auf und wurde erneut in die Tiefe gezogen. Diesmal hatte sie keine Schwimmweste, und ihr Regenmantel behinderte sie in ihren Bewegung. *Das kann doch wohl nicht wahr sein! Nicht schon wieder.* Sie schaffte es nicht, zum Ufer zu schwimmen.

Plötzlich legten sich starke Hände um ihre Schultern. Ihr Kopf durchbrach die Oberfläche und sie sog Sauerstoff in ihre Lungen. Sie blinzelte sich Meerwasser aus den Augen, ihre Beine wühlten das Wasser auf, als Elias sie an das Ufer zog. Er setzte sie auf den Kiesuntergrund und hockte sich neben sie. „Was zum Teufel hast du da draußen gemacht? Wolltest du zum Festland laufen?"

Sie hustete und keuchte, vorerst nicht in der Lage, ihm zu antworten. Natürlich stellte das Arschloch sie als dumm dar. Schließlich presste sie heraus: „Du bist so ein Sackgesicht, weißt du das?"

„Ich habe dich gerettet. Schon wieder." Er setzte sich auf seine Fersen und funkelte sie an. „Was daran macht mich zu einem Sackgesicht?"

„Natürlich habe ich *nicht* versucht, zum Festland zu gehen. Ich habe nach Muscheln gegraben. Nahrung für uns. Wo zur Hölle bist du gewesen?" Sie setzte sich aufrecht hin und erwiderte seinen genervten Blick.

Sein Ausdruck wurde nachdenklich. „Du hast Recht, das war nicht nett von mir."

Der Zorn, der ein Loch in ihre Brust brannte, kühlte ab. Wenigstens war er bereit, zuzugeben, dass er sich wie ein Idiot aufgeführt hatte. Ein Windstoß wehte durch ihre nasse Kleidung und sie zitterte. Der Schlamm war schlimm genug gewesen, aber wieder nass zu sein, brauchte ihre letzten Energiereserven auf. Sie wollte aufstehen, doch ihr Knöchel gab nach und sie wimmerte. „Fuck."

„Was ist los?"

Sie schüttelte den Kopf und sagte durch zusammengepresste Zähne: „Ich habe mir den Knöchel verstaucht."

Sanft legte er die Hand auf ihr Schienbein. „Lass mich sehen."

Sie sog scharf den Atem ein, als er das Hosenbein ihrer nassen Jeans hochkrempelte. Ihr Knöchel schmerzte, aber sie war sich auch extrem seiner Berührung bewusst. Wo seine Finger über ihre Haut glitten, sprühten die Funken. *Das ist nicht romantisch, du Idiot.* Dennoch sammelte sich die Hitze in ihrer Mitte. Trotz der Art und Weise, wie sich seine sanfte Berührung auf sie auswirkte, versuchte sie, sich daran zu erinnern, wie sehr sie ihn hasste. Dann drehte er ihren Fuß ein wenig und es löste sich ein Schrei von ihren Lippen, der die Hitze in ihr auslöschte und sie in einen Strudel des Schmerzes zog.

„Tut mir leid." Er sah sie besorgt an. „Ich glaube nicht, dass er gebrochen ist, aber du solltest ihn schonen, bis wir gerettet werden. Lass uns ein trockenes Plätzchen für dich finden." Er schob seine Arme unter ihre Knie und die Schultern und hob sie vom Boden auf, bevor sie reagieren konnte.

Instinktiv schlang Lana beide Arme um seinen Hals und hieß die Hitze seines Körpers willkommen. „Wir werden nicht gerettet, wenn wir uns in den Bäumen verstecken." Sie warf einen Blick über seine Schulter in Richtung Ozean. „Wir müssen ein Feuer machen, damit wir aus der Ferne gesehen werden."

„Wie schlägst du vor, dass wir das tun?" Er verlangsamte seinen Gang, um sie anzusehen, stoppte aber nicht.

Sein Mund war ihr so nah. So nah, dass sie ihn küssen könnte. Zittrig atmete sie ein. Sein maskuliner Duft nach Kiefer löste den unerklärlichen Drang in ihr aus, mit ihren

Fingerspitzen die Narbe an seiner Augenbraue nachzuzeichnen. *Hör auf, dich wie eine Idiotin aufzuführen, und konzentriere dich.* Sie zwang ihren Blick von seinem weg, um den felsigen Strand in Augenschein zu nehmen. „Such nach Narrengold. Als Kind habe ich das Mineral ständig am Strand gefunden, wenn ich mit Mom und Dad zelten war."

Er blieb stehen und wandte sich dem Wasser zu. „Wie soll uns Narrengold bei dem Problem mit dem Feuer helfen?"

„Ich habe ein Taschenmesser." Sie grub in ihrer Jeanstasche und zog es heraus. „Wir können es gegen das Narrengold schlagen und so Funken erzeugen."

Seine Augenbrauen hoben sich. „Du überraschst mich immer wieder."

Eine überwältigende Hitze schoss in ihre Wangen. Mit einem Schlucken verscheuchte sie dieses Gefühl.

Mittlerweile hatten sie die Flutgrenze übertreten. Strandhafer bedeckte den sandigen Boden, und er stellte sie sanft neben einem großen Stück Treibholz ab. Ein Moment des Bedauerns erfüllte sie, als er sich zurückzog. Sie legte ihre Arme um sich und gab ihr Bestes, das Zittern zu unterdrücken.

„Zieh deinen Regenmantel aus", sagte er.

„Warum?" In ihrem Regenmantel hatte sie das Gefühl, noch immer unter Wasser zu stehen. Ohne ihn hätte der Wind jedoch die Chance, sie zu attackieren.

Seine Hände entfernten bereits das Robbenfell um seine Taille. Sie schaffte es einfach nicht, den Blick abzuwenden, als er sich die Weste auszog und sie ihr hinhielt. Die Art und Weise, wie er das tat, versperrte ihr das Sichtfeld auf die bedeutenden Körperteile. „Dir ist kalt. Zieh die an."

„Aber –"

„Ich werde mich mit deinem Regenmantel bedecken."

Sie wollte fragen, ob es ihm kalt werden würde, aber die Worte blieben ihr im Hals stecken, als er sich vorbeugte und ihr das Fell über den Schoß legte. In dem Moment segnete er sie mit einem Blick auf seinen Intimbereich. So dick, wie sie sich erinnerte, wärmte der Beweis seiner Männlichkeit zwischen seinen muskulösen Oberschenkeln ihre Mitte, obwohl sich ihre Finger und Zehen taub anfühlten. Sie schluckte schwer und fühlte sich wie ein Tollpatsch, als es ihr der nasse Kapuzenpullover erschwerte, die Arme aus den Ärmeln des Mantels zu bekommen.

„Lass mich dir helfen." Er lief hinter sie und half ihr aus der Einschränkung. „Du solltest auch den Kapuzenpulli ausziehen."

Als er wieder vor sie trat, hatte er den Regenmantel bereits um seine Hüfte gewickelt. Ein Oberschenkel zeigte sich unter den verknoteten Ärmeln, aber die interessanten Stellen waren bedeckt.

Lana verstand nicht, wie er warm blieb, jedoch musste sie sich auf etwas konzentrieren, das nichts mit seiner Nacktheit zu tun hatte. Sie erinnerte sich an die Muscheln, die sie gesammelt hatte. *Wenigstens bin ich nicht völlig nutzlos.* „Sieh in die Taschen. Dort habe ich die Muscheln reingetan."

Er prüfte beide, aber die Muscheln waren fort, wahrscheinlich weggespült, als sie ins Wasser gefallen war.

Ihre Stimmung kippte. „Verdammt."

„Das ist okay. Ich habe einen Fisch gefangen." Er deutete den Strand herunter.

Ein großes oranges Blaumäulchen lag auf dem grauen Schlamm. Natürlich hatte er sie übertroffen und einen Fisch gefangen. Sie liebte Blaumäulchen. Ihr Magen knurrte und Elias gluckste. „Bleib hier. Ich werde nach Narrengold suchen."

Er lief den Strand hinunter und schien sich in ihrem Regenmantel genauso wohl zu fühlen wie in dem Fell, das sie nun mit überraschender Effizienz wärmte. Sie schälte sich aus dem Hoodie und zog das Robbenfell bis zu ihrem Kinn. Elias war ein großer Kerl, und die lange Weste bedeckte sie wie eine Decke.

Sie seufzte. Vielleicht war Elias Sobol nicht so schlimm, wie sie immer gedacht hatte. Er hatte sie vor dem Ertrinken gerettet – zweimal. Er hatte sie mit Essen versorgt, hielt sie warm und wollte jetzt ein Feuer machen. Sie hatte ihn sogar dazu gebracht, zuzugeben, dass er ein Arsch sein konnte. Ohne seine Hilfe wäre sie schon lange tot. Als sie ihn den Strand durchsuchen sah, beschloss sie, ihn von der Leine zu lassen und ihre Vorurteile ihm gegenüber zu begraben.

9

Elias hatte sein Fell noch nie unbeaufsichtigt gelassen, geschweige denn jemandem überlassen, und er hatte sich noch nie so wehrlos gefühlt wie jetzt. Auch sein Seehund sollte sich unwohl fühlen, blieb aber bemerkenswert still, als Elias den Strand nach Narrengold absuchte. Vielleicht kuschelte sich dieser magische Teil seines Tieres, der das Fell bewohnte, jetzt glücklich an seine Gefährtin. Er wurde von Eifersucht ergriffen und warf einen Blick auf Lana.

Schon bald entdeckte er einen Stein in der Größe eines abgeflachten Softballs mit scharfen Kanten, die das Licht brachen und einen metallischen Glanz erzeugten. Er löste das Mineral aus dem Schlamm und brachte es zu Lana. Auf dem Weg zu ihr rettete er das Blaumäulchen vor den hungrigen Möwen.

Sie hatte das Robbenfell bis unter ihr Kinn gezogen, und es gefiel ihm, sie in einen Teil von sich eingewickelt zu sehen. Er legte den Fisch in der Nähe von ihr ab und sie setzte sich auf. Durch ihr nasses T-Shirt sah er ihre harten Brustwarzen, wie kleine Muscheln, und sein Schwanz zuckte. Wenn er nicht vorsichtig war, könnte es für ihn peinlich werden. Schließlich trug er nur ihren Regenmantel um die Hüfte.

Er zwang sich, den Blick von ihr abzuwenden, schaute auf den Stein in seiner Hand und konzentrierte sich auf die bevorstehende Aufgabe. „Wird das funktionieren?"

„Ich denke schon. Jetzt brauchen wir Brennholz." Sie sah sich in der Umgebung um, beugte sich vor und hob einen Zweig auf, der kaum größer als ihr Daumen war. „Ich muss schon sagen: Es ist nicht das Schlimmste, mit dir gestrandet zu sein."

Ein warmes Gefühl breitete sich in ihm aus und sein Seehund schwamm freudige Kreise durch seinen Verstand. *Bring ihr mehr Steine!* Er schob den Rat seines Tieres beiseite, aber Bobbys Worte über die

Sache mit den Jägern und Sammlern kam zu ihm zurück. Er ließ den Stein fallen und eilte zu einem nahegelegenen Haufen aus Algen und Trümmern, bei dem es sich um Treibholz handelte. Er grub einen Baumstamm aus dem Schlamm und zog ihn keuchend heraus.

„Was soll das werden?", rief Lana von ihrem Platz.

Noch immer über den Baumstamm gebeugt, schaute er über die Schulter zu ihr. „Brennholz sammeln."

Lana sah ihn an, als wäre er verrückt. „Hast du schon mal ein Feuer gemacht? Das Ding wird nie brennen. Wir brauchen kleine, trockene Zweige." Sie hielt ihren kleinen Zweig hoch. „Das wird als Anzündholz dienen."

Er ließ den Stamm mit einem dumpfen Aufprall fallen und fuhr mit der Hand durch seine Haare. Er hatte Lagerfeuer gesehen, aber ein Feuer entzündet hatte er noch nie. Auch hatte er nicht zugesehen, wenn es jemand getan hatte. Er war schließlich ein Selkie und verbrachte den Großteil seines Lebens auf und im Wasser. Er wusste nur, dass Holz drauf geworfen wurde – und wenn er den Gedanken weiter verfolgte: je größer, desto besser. „Ich schätze, ich habe mich ein wenig mitreißen lassen."

„Ja, das kannst du laut sagen." Sie blickte auf ihren nackten, schlammverkrusteten Fuß, der unter dem Fell herausragte. Die empfindlichen Knochen ihres Knöchels zeigten deutliche Anzeichen einer Schwellung. „Ich wünschte, ich könnte aufstehen und helfen. Ich fühle mich so nutzlos. Ich hasse es."

„Ich schaffe das schon. Ich muss nur ..." Er verstand ihr Bedürfnis, sich nützlich machen zu wollen, und obwohl er sich ohne sein Fell bereits verletzlich fühlte, gab er zu: „Ich habe noch nie ein Feuer gemacht."

Er erwartete, dass sie ihn verspottete oder eine schneidende Bemerkung machte. Die alte Lana hätte das getan. Stattdessen klappte ihre Kinnlade herunter. „Wirklich? Noch nie? Ich nahm an, du wärst ein wahrer Mann aus Alaska, abenteuerlustig und alles."

„Das bin ich. Allerdings eher auf dem Wasser und nicht an Land."

Sie leckte sich über die Lippen, holte tief Luft und nickte langsam. „Wie wäre es, wenn ich dir sage, was zu tun ist, und du das Körperliche übernimmst?"

Erleichterung schwappte durch ihn und er spannte seinen Bizeps dramatisch an. „Ich stehe dir zur Verfügung."

Sie lachte, ein Klang, der so verlockend war wie das Lied einer Sirene. Heilige Götter, wie schaffte es diese Frau, ihn so schnell in den Bann zu ziehen? Sie streckte einen Arm aus und hob mehr der kleinen Zweige in ihrer Reichweite auf. „Zuerst brauchen wir trockenes Holz. Nichts, das von Algen eingewickelt ist. Die meisten trockenen Sachen werden klein sein. Dann holst du dir abgestorbenes Gras als Zunder. Ich sah Büschel davon auf dem Hügel da hinten. Oh, und schaffe ein paar Zweige von der Fichte heran. Die brennen großartig."

Er tat, was sie verlangte, und hatte bald einen gut bemessenen Haufen nutzbaren Brennholzes. Lana formte ein winziges Nest aus trockenem Gras und Zweigen. Sie zog ihr Messer aus der Tasche und fing an, die Klinge gegen das Mineral zu schlagen. Und schon kamen die Funken und sprangen in alle Richtungen. Eine Rauchwolke erhob sich aus dem Zentrum ihres Arrangements. Sie beugte sich vor und blies behutsam, bis die ersten orangenen Flammen erschienen und warf ihm einen triumphalen Blick zu.

Er nickte und spürte, wie seine Augen funkelten. Sie war verdammt sexy, wenn sie glücklich war. „Gut gemacht."

Sie errötete, als ob sie nicht daran gewöhnt war, Komplimente zu erhalten, und richtete ihre Aufmerksamkeit wieder auf das Feuer. „Nur, wenn ich es am Brennen halten kann."

Als sie den wachsenden Flammen Holz gab, hob er den Fisch auf. „Wenn du mit deinem Messer fertig bist, werde ich unser Abendessen vorbereiten."

„Das klingt sehr gut." Sie strahlte ihn an. „Ich bin am Verhungern."

Er akzeptierte das Messer, ging zum Wasser und nahm den Fisch aus. Er spießte ihn auf zwei Stöcken auf, kam zum Feuer zurück und bohrte die Stöcke neben den Flammen in den Boden, sodass der Fisch ausreichend Hitze abbekam. Bald erfüllte der herzhafte Geruch von Blaumäulchen die Luft. Mittlerweile war die Sonne aufgegangen und glitzerte auf dem Wasser. Die ruhigen Wellen waren eine willkommene Melodie zu dem tosenden Ozean von gestern.

„Gott, das riecht gut." Lana holte tief Luft und stupste mit einem Finger gegen die dunkler werdende Haut. „Ich denke, dieser Teil ist fertig. Kannst du mir das Messer geben?"

Er rieb mit dem Daumen über den Elfenbeingriff und begutachtete das Bild eines eingeschnitzten Lachses, bevor er ihr das Messer reichte. „Mein Großvater hatte so ein Messer, aber größer. Ich denke, es könnte derselbe Künstler gewesen sein."

Sie öffnete die Klinge. „Mein Vater hat es mir geschenkt, als ich das erste Mal mit Peter rausgefahren bin. Er meinte, es würde mir Glück bringen." Sie schnaubte. „Ich glaube nicht, dass es funktioniert."

„Na ja, wir können uns schon glücklich schätzen, es zu haben." Er justierte die Stöcke, die den Fisch hielten, damit sie ihn leichter erreichen konnte. „Vielleicht sind wir doch ein gutes Team."

Lana schnaubte belustigt. „Wer hätte das gedacht ..."

Okay, es war kein leidenschaftlicher Kuss, aber es war auch keine Ablehnung. Er beobachtete, wie sie die Klinge an der Haut des Fisches ansetzte. „Warum fischt dein Vater nicht mit dir?"

„Das ist nicht wirklich sein Ding." Sie löste ein Stück Fleisch und spießte es auf der Klinge auf. „Ihm und

Mom gehörten die Bäckerei *Patty Cakes*. Schon mal gehört?"

Er nickte. Jeder Wandler in Alaska kannte *Patty Cakes*. Die jetzige Besitzerin, Lanas Cousine, hatte geholfen, das Rätsel um die Abtrünnigen zu lösen, mit dem sich Wandler im gesamten Bundesstaat hatten rumplagen müssen. Auch sie war jetzt ein Gestaltwandler – eine Alphawölfin, die zusammen mit ihrem Gefährten ein Rudel anführte. Lana hatte natürlich keine Ahnung. Familie oder nicht, Wandler sprachen mit Menschen nicht über Magie.

Lana fuhr fort: „Papa hat Arthritis und das kalte Wetter bekommt ihm nicht. Er und Mom sind vor einigen Jahren nach Florida gezogen."

„Wie bist du auf einem Fischerboot gelandet? Es überrascht mich, dass du die Bäckerei nicht übernommen hast", sagte Elias.

„Für eine Weile habe ich das. Aber dann traf ich Peter ..." Sie brach den Satz ab. Es war offensichtlich, dass sie gerne das Thema wechseln würde.

Warum ist alles auf Peter zurückzuführen? Wusste sie, dass ihr Mann sie betrogen hatte, nicht nur einmal, sondern immer und immer wieder? Seine Kehle schmerzte, so sehr wünschte er sich, es ihr zu erzählen. Aufgrund früherer Interaktionen mit ihr wusste er jedoch, dass sie darauf zurückgreifen würde, den Verschiedenen zu verteidigen. Und er musste zugeben, dass er eine Frau respektierte, die loyal war. Aber der Geist ihres toten Mannes kam immer zwischen sie.

Er räusperte sich und fragte leise: „Du hast ihn sehr geliebt, oder?"

Sie sah ihn nicht an, sondern nahm einen Bissen des Fischs, kaute eine Weile, bevor sie antwortete: „Er hat mir gezeigt, wie sehr ich das Wasser liebe. Ich bin süchtig nach der salzigen Luft und der Sonne, dem schwankenden Deck, dem Nervenkitzel, der einem erfolgreichen Fang folgt. Niemals könnte ich wieder in einer Bäckerei arbeiten."

Schweigend beobachtete er sie. Sie hatte nicht gesagt, dass sie Peter liebte, nur dass er ihr geholfen hatte, ihre Leidenschaft für sich zu entdecken. Bedeutete das, dass Elias die Chance hatte, ihr Herz zu gewinnen? Sein Seehund machte bei dieser Aussicht einen Salto.

Sie nahm noch einen Bissen von dem Fisch und stöhnte. „Gott, das ist der beste Fisch, den ich jemals gegessen habe."

Froh darüber, dass sie das Thema gewechselt hatte, sagte er: „Du solltest sehen, was ich mit einer Küche zaubern kann." Er deutete auf das Feuer. „Ein Lagerfeuer ist für mich nicht die beste Ausgangsposition."

„Das glaube ich dir, wenn du noch nie ein Feuer gemacht hast." Sie lachte und fügte dann hinzu: „Aus irgendeinem Grund habe ich Probleme, mir dich in der Küche vorzustellen."

Er beobachtete, wie sie ihren Finger ableckte, auf eine, wie er vermutete, unschuldige Weise und doch zuckte sein Schwanz erwartungsvoll. Er griff nach dem Fisch, nahm ihn komplett vom Feuer und legte ihn auf einen flachen Felsen. „Mein Dad hat immer neue Rezepte ausprobiert, als ich ein Kind war, besonders die Ethnischen hatten es ihm angetan."

„Dein Dad? Nicht deine Mom? Nicht, dass ich das verurteile, aber du scheinst mir jemand zu sein, der einen patriarchalischen Hintergrund hat."

„Meine Mutter ist mit einem anderen Mann abgehauen, als ich elf war." Und das war der Grund, warum er niemals die Frau eines anderen Mannes stehlen würde. Seine Mutter und sein Vater waren keine Gefährten gewesen, aber trotzdem hatte sich sein Dad nie von dem Verlust erholt.

„Oh." Lanas Wangen erröteten. „Jetzt fühle ich mich wie ein Esel. Tut mir leid, wenn das ein schmerzhaftes Thema für dich ist."

Er schüttelte den Kopf und warf ihr ein schüchternes Lächeln zu. Trotz des heiklen Themas genoss er das Gespräch. „Ist schon gut. Mein Vater und meine Brüder sind großartig. Wenn wir wieder an Land sind, koche ich dir ein Festessen."

Das schien sie sich für einen langen Moment durch den Kopf gehen zu lassen. „Ich denke, das würde mir gefallen." Dann seufzte sie und schaute zur See. „Aber zuerst müssen wir gerettet werden. Ich hoffe, dass uns bald jemand findet."

Er nickte zustimmend, fühlte jedoch, wie ihm die Zeit allein mit ihr wie Sand durch die Finger rann.

Es gab tausend Gründe, warum Lana Abstand von Elias Sobol halten sollte. Aber der Mann, der ihr am Feuer gegenüber saß, war nicht so, wie Peter ihn immer beschrieben hatte. Dieser Elias war rücksichtsvoll, lustig und ehrlich. War es nur, weil sie hier festsaßen, oder war sie von Peters Voreingenommenheit geblendet worden?

Der Tag verging, ohne dass am grauen Horizont ein einziges Boot erschien. Als die Dämmerung den Himmel verdunkelte, nahm der Wind wieder zu. Sogar unter Elias' warmer Fellweste bemerkte sie den Unterschied.

Die Jeans und das T-Shirt an ihrem Körper waren getrocknet, aber der Kapuzenpulli drapiert auf dem

Treibholz war noch feucht, und sie hasste die Idee, ihn erneut anzuziehen. Ihr Blick glitt immer wieder zu Elias' definierter Brust und seinen muskulösen Armen, und obwohl er sich nie über die Kälte beschwerte, kam sie nicht umhin, zu bemerken, dass seine kleinen Nippel hart waren. Sie bekam ein schlechtes Gewissen. *Er muss doch frieren.*

Sie deutete auf die Weste, die sie bedeckte. „Du solltest sie zurücknehmen."

Seine dunklen Augen trafen auf ihre und glitzerten im orangefarbenen Licht der Flammen. Er sah regelrecht wild aus, und auch seine dunklen Bartstoppeln trugen dazu bei. Er legte eine Hand auf ihre und hielt sie davon ab, das Fell an ihn weiterzureichen. „Es wird noch kälter werden, bevor die Sonne wieder aufgeht. Behalte die Weste."

Sie blickte auf seine Hand und fühlte ein Flattern in ihrem Bauch. Sie konnte nicht glauben, was sie als Nächstes sagte: „Rutsch näher und bedeck dich auch damit. So bleiben wir beide warm."

Sein Blick wurde durchdringender, und das Flattern in ihrem Bauch verstärkte sich und breitete sich aus, bis auch der Bereich zwischen ihren Schenkeln betroffen war. Ohne ein Wort kam er zu ihr und lehnte sich neben ihr mit dem Rücken an einen liegenden Baumstamm. Sie hob das Fell, sodass kühle Luft hereinkam, und er kam näher, bis sein nackter Oberschenkel gegen ihren drückte. So dumm es auch war, ein Teil von ihr wünschte, ihre Beine wären auch nackt, damit sie seine Haut an ihrer spüren konnte.

„Komm her", sagte er und hob den Arm über ihren Kopf. Seine Stimme war leise und tief, was ihr Blut erhitzte.

Sie lehnte sich nach vorne, und er platzierte seinen Arm um ihre Schultern und zog sie zu sich. Vielleicht war das keine so gute Idee, aber sie konnte das Angebot jetzt nicht zurücknehmen. Sie folgte seiner Anweisung und ihr Knöchel schmerzte bei der Bewegung. Seine Haut war etwas kalt, als sie ihre Wange an seine Brust legte, allerdings dauerte es nicht lange, bis er an Wärme gewann.

Abgesehen von ihrem One-Night-Stand mit Cal war sie einem Mann seit Peters Tod nicht mehr so nah gewesen, und die Intimität fühlte sich nett an. Sie versuchte, die seltsamen Gefühle zu verstehen, und sagte: „Ich hätte nie gedacht, dass ich ausgerechnet mit dir vor einem Lagerfeuer kuscheln würde."

Er drehte seinen Kopf und legte sein Kinn auf ihr Haar, was sie noch mehr verwirrte. Seine Stimme vibrierte und drang tief in sie vor. „Ist es so schrecklich?"

Sie schluckte und schüttelte den Kopf.

Sanft drückte er sie. „Gut."

Sie saßen eine Weile zusammen und beobachteten, wie sich der Himmel zu einem Indigoblau verdunkelte. Elias deutete auf einen einzigen hellen Lichtpunkt direkt über dem Horizont. „Schau, da ist Venus."

Göttin der Liebe, dachte sie, sagte aber nichts. Was zum Teufel ging hier vor sich? Die Wolken hatten sich stellenweise geteilt, und ein grünes Flackern im Norden erregte ihre Aufmerksamkeit. „Heilige Scheiße, sind das die Nordlichter? Im Sommer sieht man sie nie."

Elias atmete scharf ein, und als sie den Kopf zu ihm hob, schien er wie erstarrt, als er das grüne Band betrachtete. „Das ist ein gutes Omen", hauchte er.

Sie wandte ihre Aufmerksamkeit wieder dem Naturschauspiel zu, das leider bereits verblasste. „Denkst du?"

„Ja." Er spannte seine Arme um sie an, fast besitzergreifend, aber sie fand, dass es ihr nichts ausmachte. Tatsächlich fühlte sie sich pudelwohl, wahrscheinlich weil sie nun warm, ihr Bauch voll und sie nicht allein war.

Sie hielt ihre Augen auf den Himmel gerichtet, wo die Aurora eben noch gewesen war. „Ich habe mir immer vorgestellt, dass die Nordlichter magische Kräfte haben."

„Das haben sie", sagte er mit einem ernsten Ton. „Die Ureinwohner glauben, dass die Lichter die Seelen der Tiere sind, die sie gejagt haben. Diese Seelen können dich unter den richtigen Umständen besuchen."

Kapitäne waren ein abergläubischer Haufen, aber trotzdem war sie froh, dass er ihren Kommentar nicht abgetan hatte. Langsam schlossen sich ihre Augen, in den Schlaf gewogen von dem stetigen Herzschlag an ihrer Wange.

Sie wachte in der Dunkelheit auf und fand sich in seinen Armen, seine Vorderseite drückte gegen ihren Rücken, sein Arm diente ihr als Kissen. Der harte Boden grub sich in ihre Hüfte, und sie wollte sich bewegen, wollte ihn aber nicht wecken. Sie schaffte es, den Schmerz zu lindern, und starrte dann auf die schwach glühenden Kohlen der Feuerstelle. Sie sollte die Flammen wieder zum Brennen bringen, jedoch war es warm unter dem Fell, und es gab sowieso nicht viele Boote, die in der Nacht unterwegs waren. *Ich werde mich in einer Minute bewegen,* sagte sie sich.

An ihrem Rücken atmete Elias tief ein und rieb sein Gesicht an ihren Haaren. Sie lächelte vor sich hin und stellte sich vor, wie peinlich es wäre, wenn er wüsste, dass er sie wie einen Teddybären hielt. Im selben Atemzug bemerkte sie etwas Hartes an ihrem Po. *Okay, vielleicht kein Teddybär.*

Sie war sich nicht sicher, ob sie sich geschmeichelt oder beleidigt fühlen sollte. Ihr Körper hatte jedoch seine eigenen Ideen und reagierte mit einer Flut von Hitze zwischen ihren Beinen. *Das ist Elias Sobol,* erinnerte sie sich und biss sich in die Wange. Aber wäre es so falsch, Befriedigung und Trost mit ihm zu finden? Wer wusste schon, ob sie von dieser Insel kommen würden. Zudem musste sie sich eingestehen, dass sie ihn nicht mehr hasste.

Testend wölbte sie ihren Rücken und drückte ihren Arsch gegen seinen Schritt. Sein Arm um ihre Taille zog sich enger um sie und er rieb seine Hüfte an ihrem Po. *Oh, groß!* Scharf sog sie den Atem ein und wartete darauf, was als Nächstes passieren würde. Vielleicht schlief er noch und sein Körper hatte gerade instinktiv reagiert. Aber seine Atmung hatte sich verändert, ging nun flacher. Ihre eigene Brust hob und senkte sich unter dem Gewicht seines Armes, und die Sehnsucht, zwischen den Schenkeln berührt zu werden, verstärkte sich.

Als sich die Stille ins Unerträgliche ausdehnte, holte sie tief Luft. Sie wollte ihn – zumindest wollte sie Sex. Und sein Körper schien bereit zu sein. Sie wickelte ihre Finger um sein Handgelenk und führte seine Hand zwischen ihre Beine. Mit angehaltenem Atem wartete sie auf seine Reaktion.

Er stöhnte tief in ihr Ohr, seine Finger fanden ihre Mitte. Gleichzeitig drückte er seine Hüfte gegen ihren Hintern, seine Atmung harsch.

Gott, das fühlt sich so gut an. Sie wimmerte und wackelte leicht, ihre eigene Atmung nun beschleunigt. Wollte sie das wirklich tun?

Als sie den Kopf drehte, um ihm ins Gesicht zu sehen, fand sie, dass seine Augen direkt auf sie gerichtet waren, die Begierde darin unverkennbar. Sie neigte ihr Kinn nach oben – eine wortlose

Einladung. Sofort lag sein Mund auf ihrem, seine Zunge glitt über ihre Lippen, während seine Finger sanft ihre Mitte erkundeten.

Ein kleines Stöhnen entrang ihr, bei dem sich ihre Lippen teilten und sie ihm so vollen Zugang gab. Mit einer Hand wanderte sie an seinem Schlüsselbein vorbei zu seinem Kiefer, der von Stoppeln bedeckt war.

Ohne den Kuss zu unterbrechen, stützte er sich auf einen Ellbogen und küsste sie hart und ungezähmt. Noch nie hatte sie einen Kuss dieser Art erlebt. Ihr Kopf drehte sich, als hätte sie Alkohol getrunken. Über ihrer Jeans berührte er sie und spreizte dabei ihre Schenkel weiter auseinander. Es war nicht genug.

Mit ihrer freien Hand öffnete sie ihren Reißverschluss.

Seine Hand tauchte hinein, bevor der Reißverschluss das untere Ende erreichte. Dann fühlte sie ihn unter ihrem Höschen und wie er zwischen ihre Schamlippen glitt. Ein langer Finger erkundete ihre feuchte Spalte, liebkoste sie, sodass sie sich ihm gierig entgegenwölbte.

„Lana", hauchte er an ihren Lippen, bevor er ihren Mund erneut für sich beanspruchte. Gleichzeitig fand sein Finger ihre empfindliche Klitoris.

Ein Lustschauer jagte durch sie, ließ ihre Beine zittern und ihre Nippel richteten sich zu schmerzenden Knospen auf. Sie suchte nach seinem Schritt, doch sein Arm war im Weg, und die Empfindungen, die durch sie schwappten, trübten ihren Verstand. Sie wölbte sich nach oben, um dem zunehmenden Rhythmus seiner Hand zu begegnen, und die Lust verstärkte sich.

Im nächsten Moment tauchte er mit einem Finger in sie, einmal, zweimal, dreimal, tiefer mit jedem Stoß. Sie stöhnte, befand sich kurz vor dem Höhepunkt, und erkannte, dass sie an seinem Mund stöhnte. Der Ansturm der Begierde war zu viel. Er stieß tief in sie und übte genau an der richtigen Stelle Druck aus.

Sie explodierte, wimmerte und wölbte den Rücken, während elektrisierende Wellen der Ekstase durch sie schossen. Ihre Beine bebten, alles in ihr zog sich zusammen. Sie hatte keine Ahnung, dass sie so dringend eine Erlösung gebraucht hatte.

Sanft brachte er sie von dem Hoch des Orgasmus herunter. Sie lag schlaff unter ihm und kämpfte darum, ihre Augen offen zu halten. Elias betrachtete sie. Würde er ihr die Hose vom Körper reißen und sich mit ihr vergnügen? Sie wollte es. Entschlossen griff sie nach dem Regenmantel um seine Taille, aber er drehte sie auf ihre Seite, positionierte sich wieder hinter sie und zog sie an sich.

Seine Erektion pochte noch immer an ihrem Arsch.

„Willst du keinen Sex mit mir?", presste sie heraus.

„Alles okay", sagte er, was sie verdammt nochmal verwirrte.

Wollte er sie nicht? Hatte sie sich ihm gerade aufgedrängt und aus Mitleid hatte er ihr gegeben, was sie gebraucht hatte? Ihre Wangen brannten und ihre Augen füllten sich mit Tränen. Zumindest verbarg die Dunkelheit, wie unangenehm ihr das alles war – fürs Erste. Sie presste die Augen fest zu und gab vor, zu schlafen. Wie sollte sie ihm morgen in die Augen sehen?

11

Elias wollte sich in Lana vergraben – so verzweifelt. Noch nie hatte er sich im Leben etwas so sehr gewünscht. Sein Tier heulte, wehrte sich gegen seine Kontrolle, und seine Eier fühlten sich an, als würden sie gleich explodieren. Aber er traute sich nicht, den letzten Schritt zu gehen, da er nicht riskieren wollte, sie ohne ihr Wissen für sich zu beanspruchen. Sie würde den Biss nicht verstehen, geschweige denn ihm verzeihen, wenn er ohne ihre Zustimmung einen Bund mit ihr einging. Er war so weit gekommen, hatte sich ihr Vertrauen gewonnen, und wollte nicht riskieren, es wieder zu verlieren.

Anstatt sie also zu ficken, wartete er, bis sich ihre Atmung abflachte, rutschte dann aus dem wärmenden Kokon und näherte sich dem Wasser. Er brauchte eine Abkühlung. Die Flut war auf dem Weg zurück, und diese unvermeidliche Regelmäßigkeit beruhigte ihn. Ohne sein Fell konnte er sich nicht verwandeln, aber seine menschliche Gestalt war ein starker Schwimmer. Er watete in die Wellen und das kalte Wasser schloss sich um seine Beine und dann seine Hüfte, bevor er vollständig untertauchte.

In der Strömung auf dem Rücken liegend beobachtete er, wie der Himmel von schwarzviolett bis kaltgrau aufleuchtete, und er sandte ein stilles Gebet in den Norden, wo sie die Aurora gesehen hatten, und bat um Führung. Die seltene Show war ein Zeichen gewesen, da war er sich sicher. Die Lichter stellten Wandlerseelen dar, und sie wollten, dass Lana sich ihnen anschloss und Elias' Gefährtin wurde.

Jacobs Worte vom Boot kamen ihm in den Sinn. *Unsere Vorfahren hätten sie entführt, sie auf eine einsame Insel gebracht und sie dort von ihren Vorzügen überzeugt.* Und hier war er, allein auf einer abgelegenen Insel mit seiner Gefährtin. Vielleicht versuchten die Götter, ihm etwas mitzuteilen. Seine Besatzung hatte Recht gehabt, ihn hierher zurückzuschicken.

Verdammt, sie war feucht und willig gewesen und er hatte sie von sich gestoßen. Warum hatte er sich diese Freude versagt? Es gab nicht länger einen Ehemann und sobald er sie beanspruchte, würde sie fühlen, dass sie zusammen gehörten. Möglich, dass die Tatsache, dass er ein Selkie war, sie zunächst schockieren würde, aber sie wäre nicht in der Lage, die Verbindung zu leugnen, und das war schließlich das Wichtigste, richtig?

Er eilte auf einem kleinen Pfad zurück zum Lager. Lana lag auf ihrer Seite unter dem Fell, ihre seidenweichen, braunen Haare streichelten sanft ihre Wange. Sie war so verdammt schön, dass seine Brust schmerzte.

Als er sich neben ihr einfand, erstarrte sie, bevor sie den Kopf in seine Richtung drehte. „Du bist eiskalt!"

„Oh, tut mir leid." Er verzog das Gesicht.

Sie runzelte die Stirn und ließ den Blick über seine Haare schweifen. „Warum bist du nass?"

„Ich war schwimmen. Es hilft mir beim Denken."

Ihre Augen weiteten sich, dann rutschte sie unter dem Robbenfell heraus. „Nimm die Weste und wärme dich auf."

Er umfing sanft ihr Handgelenk: „Bleib, es wird nicht lange dauern, dann bin ich wieder warm. Dabei kannst du mir helfen."

Sie zog sich zurück. „Ich brauche dein Mitleid nicht."

Verwirrt blickte er sie an. Das war schnell eskaliert. „Warum denkst du, dass ich Mitleid mit dir habe?"

Sie neigte den Kopf und verengte die Augen. Sie hatte einen Schmutzfleck über einer Augenbraue und ihre Wangen waren gerötet. „Warum sonst würdest du mir eine Abfuhr erteilen? Das war so peinlich."

Das Blut wich ihm aus dem Gesicht. „Ich habe gestoppt, weil ich dich respektiere."

Sie entließ einen ungläubigen Laut und wandte sich ab. „Schon okay. Ich verstehe es. Wir sind Feinde –"

Er setzte sich auf, packte ihre Schultern und drehte sie wieder zu sich. „Wir sind keine Feinde."

„Was sind wir dann?" Sie funkelte ihn an. „Mir ist sehr wohl aufgefallen, wie oft du in der Bar Frauen aufgerissen hast. Hundertpro hattest du mit jeder einzelnen Sex. Anscheinend hast du nur an mir kein Interesse."

Er durfte nicht erlauben, dass sie das dachte. Er durfte nicht erlauben, dass sie sich emotional von ihm entfernte, so wie das auf dem Festland der Fall gewesen war. Anstatt ihr verbal zu antworten, lehnte er sich vor und küsste sie.

Ihr Körper bebte an seinem und dann gab sie sich dem Kuss hin, eine Hand streichelte seine stoppelige Wange. Heilige Götter, er tauchte seine Zunge in ihren Mund und schmeckte ihre Süße. Nach langen Augenblicken unterbrach sie den Kuss und knabberte an seinem Kiefer, an seinem Ohr. Ihre Stimme war heiser, als sie murmelte: „Ich nehme die Pille und der Arzt meinte, ich bin vollkommen gesund."

Er knabberte an ihrem Ohrläppchen. „Zuerst muss ich dir etwas erzählen."

„Was?" Ihr Atem wehte über seine Wange, als sie ihren Kopf in den Nacken legte, sodass ihre Kehle freilag.

Bei diesem Anblick verlor sein Seehund die Kontrolle. *Sie gibt sich uns hin! Beanspruche sie für uns! Sofort!*

Er schloss seine Augen und stöhnte, als er mit den Lippen über die Stelle strich, an der er sie beißen und als seine Gefährtin markieren wollte. Seine Zähne schärften sich, seine Eckzähne traten mit seinem wachsenden Wunsch heraus, aber er musste sich bremsen. Sie war ein Mensch und würde es nicht verstehen.

Mit den Fingerspitzen fuhr sie über seine Brust und zwickte in eine Brustwarze, bevor ihre Hand tiefer tauchte und den Regenmantel um seine Taille erreichte. Er packte ihr Handgelenk, stoppte ihre Erkundungstour und stöhnte: „Noch nie habe ich jemanden so sehr gewollt wie dich. Du bist anders. Besonders. Auf keinen Fall möchte ich, dass du zurückblickst und denkst, dass ich dich angelogen oder ausgenutzt habe.“

„Das würde ich nicht denken. Das verspreche ich.“ Sie wehrte sich gegen seinen einschränkenden Griff und setzte sich auf, sodass sie seinen Mund mit kleinen Küssen verwöhnen konnte.

Sie wusste nicht, was sie versprach. Es wäre kein One-Night-Stand. Wenn er sie nahm, würde er das vollkommen und unwiderruflich tun. Er konnte nicht zulassen, dass es ein Missverständnis zwischen ihnen gab. Die Zeit war gekommen, ihr zu zeigen, wer und was er wirklich war. Er musste ihr verständlich machen, was sie ihm bedeutete. Aber wie sollte er ihr sagen, dass er kein Mensch war? „Ich bin nicht wie andere Männer."

„Was meinst du damit?"

„Ich –" Er räusperte sich. „Ich bin kein Mensch."

Skepsis zeigte sich auf ihrem Gesicht. „Okaaay."

Toll, jetzt denkt sie, ich bin verrückt. Er stand auf und entfernte sich ein paar Schritte von ihr. „Bitte flipp nicht aus. Ich muss dir etwas zeigen."

Bevor er sich anders entschied, streifte er den Regenmantel von seinem Körper, legte sich das Robbenfell um die Schultern und machte sich für die Verwandlung bereit.

12

Lana zog die Knie an ihre Brust und starrte auf Elias' schimmernden Körper. Von einer Sekunde zur nächsten landete er auf dem Boden. *Was zum Teufel geht hier vor sich?* Seine Haut hatte plötzlich silbernes Fell, sein Gesicht verlängerte sich und seine Arme verwandelten sich, flachten ab und wurden breiter. Nun saß ein riesiger Seehund am Strand mit einer Narbe direkt durch eine schnurrhaarähnliche Augenbraue. Das Tier wog mindestens neunzig Kilo, hatte muskulöse Schultern und sein sehniger Hals verjüngte sich zu einer spitzen Schnauze.

Auf keinen Fall war das gerade passiert. Männer verwandelten sich nicht in Tiere.

Ihr Herz drohte, ihr aus der Brust zu springen. „Was zum Teufel?"

Der Seehund senkte seinen Kopf, schwarze Augen allein auf sie gerichtet. Vertraute Augen. *Elias' Augen.*

„Elias?", hauchte sie, ihr Rücken gegen das riesige Treibholz hinter ihr gelehnt.

Die Kreatur nickte langsam.

Sie musste träumen. Halluzinieren. Vielleicht war diese ganze Erfahrung mit ihrem schlimmsten Feind – einem sehr heißen Feind – nur eine Ausgeburt ihrer Fantasie. Sie sah sich um und versuchte, etwas zu finden, um zu bestätigen, dass dies ein Traum war, aber alles andere schien Sinn zu ergeben. *So real.* Von dem knisternden Feuer bis zu den Geräuschen, die er mit seinen Flossen im Sand machte. „Ich scheine meinen Verstand zu verlieren."

Der Seehund schimmerte erneut und dann stand Elias wieder vor ihr, gekleidet in nichts als seine Fellweste. „Du verlierst nicht deinen Verstand. Ich bin ein Selkie."

Sie runzelte die Stirn. Das Wort kannte sie nicht. „Okay, also ... ein Mann, der sich in eine Robbe verwandeln kann oder vice versa?"

Er lachte. „Ich verbringe die meiste Zeit als Mann. Aber es gibt Gestaltwandler, die ihre Tiergestalt bevorzugen."

Gestaltwandler. Diesen Begriff hatte sie in Filmen und Büchern schon gehört. Das bedeutete doch aber nicht, dass es echt war. Elias hatte sich hier vor ihren Augen in ein wildes Tier verwandelt. „Du bist die Robbe, die mich im Wasser gerettet hat. So bist du mit mir auf der Insel gelandet."

Er nickte.

Sie starrte auf das Fell, das seine untere Hälfte bedeckte. „Ist es deine Robbenfellweste, die dir deine Fähigkeiten verleiht?"

„Mehr oder weniger. Die Weste ist ein Teil von mir. Sie zu verlieren, wäre schlimmer, als ein Bein zu verlieren."

In den Jahren, in denen sie ihn kannte, konnte sie sich nicht daran erinnern, ihn jemals ohne die Weste gesehen zu haben. *Abgesehen von der Zeit, in der er sie mir geliehen hat.* Sie runzelte die Stirn und hob ihre Augen vom Fell, um seinem Blick zu begegnen. „Aber du hast die Weste abgenommen. Du hast sie mich benutzen lassen."

Er zögerte, als ob er unsicher wäre, was er als Nächstes sagen sollte. So leise sprach er, dass sie ihn fast nicht hören konnte. „Ja. Ich würde es nie jemand anderem überlassen. Nur dir."

„Mir?" Im Inneren bebte sie als Reaktion auf die Intensität seines dunklen Blicks, aber sie weigerte sich, wegzusehen. Etwas Wichtiges passierte hier. „Warum?"

„Weil du meine Gefährtin bist."

„Ich bin deine was?"

„Das Schicksal hat uns zusammengebracht." Er trat vor und kniete sich neben das Feuer. „Das ist eine Wandler-Sache."

Eine Wandler-Sache. Ein Teil von ihr sträubte sich gegen die Idee. Der andere war fasziniert. „Aber ich bin keine Gestaltwandlerin. Und vorhin wolltest du nicht ..." Sie errötete und erinnerte sich an seinen Mund auf ihrem, seine Finger in ihrem Höschen. „Solltest du nicht ... *das* mit mir tun wollen, wenn ich deine Gefährtin bin?"

„Oh, das will ich. Glaub mir, das will ich. Aber Sex zwischen Gefährten kommt mit Konsequenzen."

Sie schluckte schwer. „Was für Konsequenzen?"

„Haben wir Sex, werde ich dich für mich beanspruchen. Für den Rest unseres Lebens. Und wenn man bedenkt, wie du über mich denkst ...“ Er brach den Satz ab.

Sie blinzelte. „Das ergibt alles keinen Sinn. Wir haben uns immer nur gestritten.“

„Mein Tier will dich seit der Nacht, in der wir uns das erste Mal begegnet sind. In dem Moment, als ich in die Bar getreten bin.“

Langsam verstand sie. „Deshalb hast du Peter angegriffen.“

Beschämt rieb er sich über den Nacken. „Angegriffen ist vielleicht etwas übertrieben.“

Sie konnte nicht anders und lächelte. Ob es ihr damals nun gefallen hatte oder nicht, hingezogen hatte sie sich zu dem Mann schon immer gefühlt, der nur verteidigt hatte, was er für seins hielt. *Elias denkt, du gehörst ihm.* Seltsamerweise begeisterte sie die Idee. Zudem erklärte es die Gefühle, die in ihr hochgestiegen waren, wenn sie ihn in den letzten Jahren dabei erwischt hatte, wie er sie anstarrte. Jedes Wort, das er gesprochen hatte, jeder Blick, den sie als bösartig interpretiert hatte, sah ihr Verstand nun in einem gänzlich anderen Licht.

Sie bedeckte ihr Gesicht mit ihren Händen und entließ einen langen Atem. „Ich bin mir immer noch nicht ganz sicher, ob das alles echt ist. Ich brauche etwas Zeit, um das zu verarbeiten."

„Natürlich." Seine sanfte, heisere Stimme fühlte sich an, als würde sich die Temperatur um zehn Grad erhöhen. „Aber ich denke, tief im Inneren willst du mich auch."

Sie blinzelte durch die Finger. Ihr Gehirn schmerzte. So verrückt das auch war, konnte sie nicht leugnen, dass sie sich von diesem Mann angezogen fühlte. Und wie cool wäre es, wie ein Seehund schwimmen zu können? *Schicksal.* Das Wort hatte er gebraucht. Mehr als einmal hatte das Schicksal ihr Leben in Gefahr gebracht. Andererseits hatte das Schicksal Elias erlaubt, sie zu retten. Vielleicht sollte sie also zuhören?

Sie streckte den Arm aus, nahm seine Hand und genoss die Art und Weise, wie sich seine schwieligen Finger als Reaktion um ihre legten. „Wie geht es nun weiter?"

13

Elias wollte es langsam angehen, wollte Lana mit Geschichten über seine Familie und sein Leben umwerben. Er hatte geplant, sie mit Berührungen zu beruhigen und ihr die Entscheidung zu erleichtern. Er wollte ihre volle Zustimmung nicht nur zum Sex, sondern zu allem, was er anbot. Aber Lana war schon erregt. Riechen konnte er es. Er lehnte sich vor, wo sie mit dem Rücken gegen den Baumstamm saß, bis ihr Atem sein Gesicht traf. Eine neue Welle ihrer Erregung schwappte über ihn hinweg, und ihre Finger spannten sich um seine an. *Scheiß auf langsam.*

Sein Mund landete für einen Kuss auf ihrem.

Samtweiche Lippen teilten sich unter seinem Ansturm und sie legte ihre Hände auf seine stoppeligen Wangen. Er genoss ihren Geschmack, ihre Berührungen, ihren Atem, der sich mit seinem mischte, tauchte in ihre Süße und liebte es, wie sich ihre Zunge mit seiner duellierte. Eine Hand schob er unter den Saum ihres Kapuzenpullis und kam in Kontakt mit ihrer seidenweichen Haut.

Sie schnappte bei dem Kontakt nach Luft und ihre Hände entfernten sich von ihrem Gesicht, um sich ihren Kapuzenpulli über den Kopf zu ziehen. Sie kämpfte einen Moment mit dem Kleidungsstück. Er nutzte die Gelegenheit und gönnte sich einen Blick auf ihre blassrosa Haut, ihre harten Nippel, die sich gegen ihren roten Spitzen-BH pressten. Zu guter Letzt landeten seine Augen auf der Stelle, an der er sie beißen wollte. Bei dem Anblick lief ihm das Wasser im Mund zusammen.

Schließlich warf sie den Hoodie von sich, streckte die Hände erneut nach ihm aus, und er verlor fast den Verstand.

Eine Hand fand den Weg zu dem Verschluss ihres BHs und er öffnete ihn geschickt. Mit einem Daumen glitt er unter das Körbchen, schob den Stoff zur Seite und umschloss ihre nackte, samtweiche

Brust, die perfekt seine Handfläche ausfüllte. „Ich habe so lange davon geträumt, dies zu tun", sagte er. Gierig umfasste er auch die zweite Brust und knetete das Fleisch.

Sie stöhnte und packte ihn an der Hüfte, ihre Fingernägel gruben sich unter dem Robbenfell in seine Haut. „Ich möchte dich berühren."

Gerne kam er dem Wunsch nach. Er riss das Fell von sich und breitete es neben ihnen auf dem Sand aus. Als er sich ihr wieder zuwandte, lag ihre Aufmerksamkeit auf seinem Schritt, ihre Augen weit aufgerissen und der Mund leicht geöffnet. Er griff nach unten und umfasste seinen Schaft. „Willst du meinen Schwanz?"

Sie schluckte schwer und er folgte der Bewegung ihrer Kehle. „Du bist riesig."

„Ich verspreche dir, dass ich dich nicht verletzen werde." Er wies sie an, sich auf das Fell zu legen. Obwohl er ihr verzweifelt die Jeans vom Körper reißen und sie hart nehmen wollte, wusste er doch, dass er sich zurücknehmen musste. Mehrere Frauen hatten ihm gesagt, dass er nicht gerade klein war, aber verletzt hatte er bisher niemanden und er wollte nicht heute damit anfangen.

Er platzierte ein Knie zwischen ihren Schenkeln und leckte gemächlich einen Pfad von ihrem Bauchnabel zur Unterseite ihrer rechten Brust. Ihre Haut zuckte unter seiner Berührung und sie stieß ein sanftes Stöhnen aus. Mit immer kleiner werdenden Kreisen betörte er ihre Brust mit der Zunge, bis er den Nippel erreichte, und er liebte, wie sich die Knospe vor seinen Augen aufrichtete. Mit der Zunge leckte er über den Nippel und saugte ihn in den Mund.

Sie schrie auf, wölbte sich nach oben, um ihm zu begegnen, und er massierte ihre linke Brust, zwickte in den Nippel. Sie umklammerte seine Schultern, wand sich unter ihm und rotierte in offensichtlicher Verzweiflung die Hüfte. Ihre heiße Mitte rieb an seinem Oberschenkel, feucht vor Begierde. Die Frau machte ihn wild und sein Hoden zog sich schmerzhaft zusammen.

Mit dem Mund an ihrem Nippel öffnete er ihren Reißverschluss. Ihre Hände griffen nach unten, um zu helfen, und so schob sie sich den Bund von der Hüfte, hob den Hintern, sodass sie die Jeans endlich ausziehen konnte. Ihr Baumwollhöschen folgte und dann war ihr dunkles Haardreieck entblößt. Ihre süße Erregung traf seine Nase wie Ambrosia. Seine Zähne traten heraus, als sein Tier an die Oberfläche stieg und ihn drängte, sich zu beeilen. *Nimm sie für uns in Besitz.* Gott, er brauchte sie.

Er verließ ihre Brüste, küsste sich ihren Bauch hinunter und atmete tief ein. Mit beiden Händen spreizte er ihre Oberschenkel und leckte über die rechte Innenseite, dann die linke, bevor sein Mund ihre Pussy fand.

Sie schnappte nach Luft und wölbte sich. Sie war geschwollen und feucht, und er steckte seine Zunge in sie, kostete von ihrer Süße. Er umkreiste ihre Klitoris, bis sie unter seiner Zunge pulsierte. Er knabberte und saugte, bis sie vor Verzweiflung keuchte.

„Bitte!", bettelte sie, beide Hände in seinem Haar vergraben, während sie ihm mit dem Becken entgegenkam und sich so an seinen Rhythmus anpasste.

Grinsend drang er mit einem langen Finger in ihren Kanal. Sie wimmerte und hob sich ihm erneut entgegen. Im Einklang mit seiner Zunge schob er seinen Finger in sie und suchte nach der Stelle tief in ihr, die sie über die Kante schubsen würde. Er wusste, er hatte den Punkt gefunden, als sich die Wände ihrer Vagina um ihn zusammenzogen. *So eng.*

Sie schrie, erschauerte und bebte am ganzen Körper. Er pumpte weiter, bis ihre Erlösung ihren Höhepunkt erreichte.

Dann, bevor sie sich entspannen konnte, fügte er einen zweiten Finger hinzu und beschleunigte seine Bewegungen, während er ihren G-Punkt verwöhnte.

Sie schrie seinen Namen, jeder Muskel in ihrem Körper spannte sich an. Ihre Beine zitterten. Ihr Rücken wölbte sich. Nässe benetzte seine Hand und sammelte sich auf dem Robbenfell unter ihrem Arsch. Als ihr Orgasmus zu einem Ende kam, entließ er ein zufriedenes Knurren.

Auf dem Fell erschlaffte sie, ihre schnelle Atmung wurde von einem winzigen Stöhnen unterbrochen. „Oh, mein Gott! Oh, mein Gott …"

Er zog seine Finger aus ihr heraus, leckte ein letztes Mal über ihre geschwollenen Schamlippen und ließ seinen Blick über ihren Körper schweifen, bis er zu ihrem geröteten Gesicht kam. Sie glühte vor Leidenschaft, ihre Pupillen geweitet, als sie auf seine Augen traf. Ihre kleine rosa Zunge strich über ihre Unterlippe. Ihr Duft bedeckte sein Gesicht, füllte seine Nasenlöcher und er konnte es nicht erwarten, sich mit seinem harten Schwanz in ihrer Hitze zu verlieren.

Sie breitete die Arme aus und flüsterte heiser: „Ich möchte dich in mir spüren."

Mehr brauchte es nicht. Er fand sich zwischen ihren gespreizten Schenkeln ein, küsste sich von ihrem Bauch zu ihrem Gesicht, knabberte an ihrer Schulter. Hier würde er sie für sich markieren. Hier würde er den Biss setzen, der sie für immer als Gefährtin an ihn binden würde. Ihre Arme schlangen sich um seinen Brustkorb und sie hob ihre Beine auf seine Hüften. Gleichzeitig attackierte sie sein Ohrläppchen, saugte und knabberte daran.

Er packte seinen Schaft und positionierte ihn an ihrem feuchten Eingang. Sein Hoden spannte sich an. So sehr er sich mit einem harten Stoß in ihr vergraben wollte und obwohl er sie vorbereitet hatte, war und blieb er groß und so musste er behutsam vorgehen, sodass sie sich an ihn gewöhnen konnte. Dann drang er in sie. Zunächst einen Zentimeter. Zwei. Drei.

Sie hielt die Luft an, als sich ihre exquisite Enge pulsierend um ihn legte.

„Ganz ruhig, Lana", flüsterte er in ihr Ohr. Er zog sich zurück, drang wieder in sie, diesmal tiefer, behutsam dehnte er sie, füllte sie. Endlich war sein Schwanz vollständig von der Hitze ihrer Pussy umhüllt. „So gut", hauchte er an ihrem Ohr.

Unter ihm wackelte sie mit den Hüften und sagte: „Fick mich, Elias."

„Das ist mehr als ein Fick, Baby." Er zog sich zurück und stieß hart in sie, verharrte, bevor er es wieder tat. „Jetzt gehörst du mir."

Dann hämmerte er in sie und saugte ihre kleinen lustvollen Laute in sich auf, als sie seinen Stößen begegnete. Ihre Nägel gruben sich in seine Schultern und der Druck in ihm baute sich auf. Seine Eckzähne verlängerten sich, sein Seehund erhob sich. *Beanspruche sie für dich.* Aber er weigerte sich, sein Tier in diesem Moment übernehmen zu lassen. Das war mehr als nur Instinkt; hier ging es um mehr. Der menschliche Teil von ihm hatte sein ganzes Leben auf diesen Augenblick gewartet. Er wollte mehr als nur eine Gefährtin. Er wollte eine Partnerin fürs Leben.

Er änderte den Winkel seiner Stöße, rollte seine Hüfte, um bei jedem Stoß mit dem Schambein ihre

Klitoris zu betören. Heilige Götter, sie war sexy. Ihre Haut war schweißnass, ihre Nippel wie harte Kieselsteine an seiner Brust.

Sie warf den Kopf von einer Seite zur anderen und stöhnte: „Oh Gott! Ich komme nochmal!" Ihre Worte erhoben sich zu einem Schrei, als sich ihre Fersen in seinen Hintern bohrten und sich die Wände ihres Geschlechts um seine Länge zusammenzogen.

Nicht mehr fähig, sich zurückzuhalten, pumpte er hart und tief in sie. Einmal, zweimal und schon schoss sein Sperma in einer heißen Flut in sie. Gleichzeitig biss er hart genug in ihre Schulter, sodass er schnell den salzigen Geschmack von Blut wahrnahm. *Mein,* dachte sein Seehund mit offensichtlicher Befriedigung.

Lana erschlaffte, keuchte unter ihm nach Atem. Sein gesamter Körper pulsierte nach dieser Ekstase. Er küsste ihren Hals entlang, über die Stelle, an der er sie gerade gebissen hatte. Nun roch sie nach Zimt vermischt mit seinem speziellen Duft. Das meinte die Bibel mit ‚ein Fleisch sein'. Er konnte nicht glauben, dass es endlich passiert war. Lana gehörte nun ihm, jetzt und für immer.

14

Lana bekam kaum Luft. Sie tanzte mit den Fingern über Elias' Rücken, liebte es, dass sein Körper auf ihrem lag, wie er sie wärmte und sie sich gleichzeitig behütet und beschwingt fühlte. Sie hatte noch nie zuvor mehrere Orgasmen nacheinander gehabt, und ihr gesamter Körper fühlte sich wunderbar ausgewrungen an. „Das war wundervoll."

„Es war alles, was ich mir erhofft habe", flüsterte Elias und küsste sanft ihre Schulter.

Sie runzelte die Stirn und erinnerte sich an das Gefühl, als seine Zähne ihre Haut durchdrungen hatten. „Hast du mich gebissen?"

„Ja", murmelte er an ihrem Ohr. „So beanspruchen sich Gefährten gegenseitig."

Ihr Herz setzte einen Schlag aus, als ihr wieder bewusst wurde, dass er kein Mensch war. Er war ein Selkie, eine Robbe. Tiere waren während der Paarung nicht besonders rücksichtsvoll. Sie war schon immer impulsiv gewesen, aber dieses Mal hatten es ihre Hormone vielleicht etwas übertrieben. „Du hättest mich vor diesem Teil warnen sollen."

„Tut mir leid." Er zog sich zurück, um ihr ins Gesicht zu schauen. „Ich hielt es für selbstverständlich, dass du es weißt. Aber der Biss ist schon verheilt. Fühle selbst."

Sie fuhr mit den Fingern leicht über ihre Schulter und erwartete frisches Blut, jedoch waren die kleinen Wunden bereits mit Schorf bedeckt. „Das ist seltsam."

„Du wirst jetzt schneller heilen." Seine Stimme war voller Stolz.

„Kann ich mich jetzt auch in einen Selkie verwandeln?"

Ein Lächeln zierte seine Lippen. „Du würdest einen entzückenden Seehund abgeben. Aber nein, es braucht schon ein bisschen mehr, wenn du ein eigenes Tier haben möchtest." Seitlich von ihr machte er es sich bequem und zog sie an seine Brust. „Da wir jetzt unseren Bund eingegangen sind, kann ich dich zum Gletscher bringen, wo unsere Magie ihren Ursprung hat. Wenn die Nordlichter aktiv sind, wird sich eine Höhle öffnen, und wenn ein gebundener Mensch dann von der Quelle trinkt, wird er ein Tier für sich erhalten."

Sie entspannte sich an seiner Brust und freute sich über die Wärme, die er in der frischen Morgenluft ausstrahlte. „Bist du so ein Selkie geworden?"

„Nein, ich wurde in eine Selkie-Familie geboren. Die Paarung mit einem Menschen ist selten."

„Deine Eltern sind beide Selkies?" Sie setzte sich auf und sah ihn an, eine Hand immer noch auf seiner harten Brust. „Wie viele von euch gibt es?"

„Ich habe zwei Brüder. Wir sind eine kleine Kolonie. Außerdem gibt es noch andere Arten von Wandlern. Wölfe und Bären sind die häufigsten, aber es existiert auch ein großer Rabenschwarm im Norden, einige Adler, sogar ein paar Elche." Elias zählte die verschiedenen Wandler auf, als wäre es das Normalste der Welt.

Nun stellte sie sich hinter jeder Hausecke Wandler vor und runzelte die Stirn. „Leben sie alle in Kenai?"

„Nein, aber du bist schon einigen begegnet." Er leckte sich über die Lippen und legte seine Hand um ihre, ohne den Blick von ihr abzuwenden. „Deine Cousine ist ein Wolfswandler."

Lana blinzelte und konnte nicht verarbeiten, was er gerade von sich gegeben hatte. „Ashlyn?" Sie schüttelte den Kopf. „Auf keinen Fall. Das hätte sie mir gesagt!"

„Es stimmt. Ihr Gefährte Kepler ist auch ein Wolf."

Sie schnappte nach Luft, denn sie musste zugeben: Nun ergab alles Sinn. Der ganze merkwürdige Scheiß, der im vergangenen Sommer passiert war. „Das war es also, warum sie die Bäckerei für eine Weile wegen Krankheit schließen musste. Sie wurde zu einem Wandler. Warte … Bedeutet das, dass auch ich krank werde?"

„Nein, üblich ist das nicht." Er rieb ihren Arm, um sie zu besänftigen. „Deine Cousine war ein Sonderfall. Ich kenne ihre Geschichte nur von Erzählungen, aber so, wie ich das verstanden habe, hat sie die Wandlergemeinde vor dem Fluch einer Hexe gerettet."

Lana legte sich zurück. Ihr Verstand überschlug sich. „Unsere Familie dachte, sie sei schwanger oder so, weil sie so schnell geheiratet hat." Nieselregen fiel vom Himmel. „Oh, mein Gott, das erklärt die Hundehaare auf ihrer Couch!"

Elias gluckste. „Ein paar davon sind vielleicht von einem Bären. Sie und Kepler sind die Alphas eines eher unorthodoxen Rudels."

„Ein R-Rudel?" Lanas Magen rebellierte bei dem Gedanken. Sie setzte sich wieder auf, packte ihren Kapuzenpullover und zog ihn über den Kopf. *Oh, mein Gott. Ist Cal auch ein Gestaltwandler?* Er hatte erst die Gesellschaft von ihnen gesucht, nachdem Ashlyn mit Kepler zusammen gekommen war. Und sie hatte mit ihm geschlafen. „Kennst du Cal Bennett? Ist er, ähm, auch einer von euch?"

„Ja." Die eifersüchtige Grausamkeit in Elias' Stimme ließ ihr Herz rasen und erinnerte sie an ihre vielen Auseinandersetzungen mit Peter. Das Letzte, was sie brauchte, war, mit einem wütenden Mann auf dieser Insel gefangen zu sein. Mit einem Mann, der sich nach Belieben in ein Tier verwandeln konnte.

Sie schlüpfte in ihre Jeans und hob auf der Suche nach einem neuen Thema den Blick zum Himmel.

„Wir sollten zurück in den Unterschlupf gehen, bis sich das Wetter wieder beruhigt. Im Regen hat ein Lagerfeuer keine Chance."

Elias stieß einen langen Atem aus. „Es tut mir leid. Ich kann nicht anders, als eifersüchtig zu sein."

Lana wollte auf dieses Thema nicht eingehen, also nickte sie einfach und eilte zurück zur Fichte. Sie duckte sich unter den Zweigen hindurch und setzte sich an den Stamm. Er folgte ihr. In einer Hand hielt er seine Weste, in der anderen den Regenmantel. Vor ihr kniete er sich hin und ihr Mund trocknete bei dem Blick auf seinen nackten Körper aus. Zwischen seinen muskulösen Oberschenkeln sah sie seinen halbsteifen Schwanz umgeben von silbernen Haaren, die einen Pfad zu seinem Bauchnabel bildeten. Sie konnte zuschauen, wie sein Schaft anschwoll. Könnte er so schnell wieder bereit sein? Sie hob die Augen zu seinen.

Er trug ein Schmunzeln auf den Lippen. „Du hast dir deine Klamotten zu früh wieder angezogen."

Ihr Körper kribbelte vor Verlangen. Sie mochte dieses neue Beziehungsgefühl, aber sie wusste, dass es nicht anhalten würde. Was zu erwarten war, hatte sie gesehen, als sie Cal erwähnt hatte. Im Moment jedoch war niemand hier, also konnte sie die Fahrt genauso gut genießen.

Langsam knöpfte sie ihre Jeans auf. Gleichzeitig beobachtete sie sein Gesicht, während sein Blick auf ihren Händen lag. Plötzlich wurde er aktiv, riss ihr die Jeans von den Beinen. Das Moos und die Nadeln, die den Boden bedeckten, waren angenehm, solange sie Kleidung trug. An ihrer nackten Haut jedoch ließ sie das Gefühl erschauern. Sie streckte die Hand nach dem Robbenfell aus. „Gib mir bitte die Weste."

Sie rollte zur Seite und breitete sein Fell unter ihnen aus. Es war nicht gerade weich, aber es war warm, als wäre seine Körperwärme darin gespeichert.

Er packte sie an den Knöcheln und zog sie zu sich. „Ich sehe dich gerne auf meinem Pelz."

Obwohl nur ihre untere Hälfte nackt war, fühlte sie sich seltsam entblößt – so viel mehr, als wenn sie beide nackt gewesen wären. Ohne ihre Haut zu verlassen, bewegten sich seine Hände von ihren Knöcheln bis zu ihren Knien und massierten ihre Schenkelinnenseiten. Als seine Finger ihr Geschlecht erreichten, erkundete er mit den Daumen ihre äußeren Schamlippen.

Sie keuchte und beobachtete ihn aus ihren halb gesenkten Lidern, um zu sehen, was er als Nächstes tun würde. Seine Aufmerksamkeit lag gänzlich auf dem Bereich zwischen ihren Schenkeln und so fuhr er fort, sie zu massieren. Er mied es, in ihre Spalte zu tauchen, aber ihre Nässe erleichterte seine Erkundungstour auf frustrierend erregende Weise, bis sie schwer atmete, sich wölbte und lautlos nach mehr verlangte.

Sie griff nach einem seiner Handgelenke und versuchte, seine Hand zu ihrer Mitte zu bewegen. „Elias, bitte."

Er erlaubte ihr, dass sie seinen Daumen in ihre Öffnung drückte, aber er tauchte nur einmal ein und schnellte dann über ihre Klitoris.

Sie zuckte bei der Empfindung und schnappte nach Luft. „Oh, du bist gemein."

Er grinste, seine Augen voller Hunger, und kehrte mit dem Daumen zu ihrem Nervenbündel zurück, umkreiste es immer und immer wieder. Ohne ein Muster zu verfolgen, tauchte er ab und in ihren Kanal, bis sie von kleinen Orgasmen durchgeschüttelt wurde. Sie rutschte mit dem Po näher zu ihm und rieb sich auf der Suche nach seinem harten Schwanz an seinem Oberschenkel.

Er lehnte sich zurück und entfernte das Objekt ihrer Begierde aus ihrer Reichweite. „Dreh dich um", befahl er.

Sie folgte der Anweisung, hob ihren Arsch in die Luft und drückte ihre Wange gegen das Robbenfell. Es roch nach Moschus und frischer Kiefer.

Seine Hände legten sich auf ihre Hüften und sie spürte seine Hitze hinter sich. Ihre Pussy produzierte mehr Nektar. Die breite Eichel seines Schwanzes rieb nur einmal durch ihre Spalte, bevor er allmählich in sie sank. Sie drückte sich nach hinten und wollte jeden Millimeter, den er anbot.

Mit langsamen, gleichmäßigen Stößen verwöhnte er sie, die Hände an ihren Hüften. Als sich der Druck aufbaute, schien er in ihr anzuschwellen und er füllte sie bis zur Kapazität. Ihre Pussy zog sich zusammen, als ihr Orgasmus herannahte. Er griff nach unten und packte ihren Nacken. Dann zog er das Tempo an, brutal stieß er in sie, seine Eier rammten gegen ihre Klitoris, seine Hüfte gegen ihren Po. Sie keuchte, als ihr anfänglicher Orgasmus zu einem zweiten, stärkeren Höhepunkt anwuchs.

Sie krallte sich an dem Fell fest und ein lustvoller Schrei löste sich aus ihrer Kehle. Im selben Moment brüllte Elias, stieß tief in sie und verweilte, füllte sie mit seinem Saft.

Im nächsten Augenblick brach er befriedigt auf ihr zusammen. Trotz des kühlen Wetters schwitzte Lana. Noch nie in ihrem Leben war ihre Pussy so hart genommen worden. Ein herrliches Gefühl.

Elias rollte zur Seite, seine Brust hob und senkte sich mit schweren Atemzügen, seine Augen waren geschlossen. Für einen Moment dachte sie, er wäre eingeschlafen, aber dann schlang er plötzlich einen Arm um sie und zog sie zu sich. „Komm her."

Sie kicherte und schmiegte sich an seine Brust. „Du klingst betrunken."

„Das bin ich. Betrunken von dir." Er öffnete die Augen und drehte sich zu ihr. „Heilige Götter, Frau, du bist atemberaubend."

Sie seufzte zufrieden und zeichnete mit den Fingern die Täler und Berge seiner Brustmuskeln nach. „Diesmal hast du mich nicht gebissen."

„Wolltest du, dass ich es tue?"

„Nein, mir war nur nicht klar, inwiefern das zur Routine gehört."

„Der erste Biss war der wichtigste." Er festigte den Arm um sie. „Egal, was auch passieren mag, du gehörst jetzt für immer mir."

Sie schloss die Augen, zu müde, um über die Bedeutung seiner Worte nachzudenken, und ließ sich von seinen Atemzügen in den Schlaf wiegen.

15

Elias hatte nie erwartet, in seinem Leben so viel Freude zu empfinden, wie das in den nächsten zwei Tagen der Fall war. Er brachte Lana Fische, und sie suchte nach Muscheln und kleinen Krabben. Der Regen machte es unangenehm, am Strand zu bleiben, und so zogen sie sich wieder unter die Fichte zurück, wo es recht bequem und warm war. Er wusste, dass er Hilfe holen und sie nach Kenai zurückbringen sollte, aber Lana sagte nichts, und der egoistische Teil von ihm wollte sie noch eine Weile für sich behalten.

Im Schneidersitz saßen sie unter dem Baum auf seinem Fell, der strenge Geruch nach Pflanzensaft füllte die Luft. Lana gab einem Herz den letzten Schliff, das sie in den Stamm des Baumes schnitzte.

„Ach, das war dumm. Das werde ich nie wieder rausbekommen." Sie rieb über die klebrigen Flecken an ihren Fingern. „Aber ich wette, dass noch nie jemand auf dieser Insel Sex hatte. Wir sind die Ersten und Einzigen."

Er nahm ihre Hand und küsste sie, lächelte sie mit Verehrung an. „Es wird immer unser besonderer Ort sein."

Sie erwiderte sein Lächeln mit einem Leuchten in ihren Augen.

„Hast du Hunger?", fragte er. „Ich kann uns einen Fisch fangen."

„Könntest du mir vielleicht einen Donut fangen?"

Er lachte. „Tut mir leid. Ich glaub, die sind mir in dieser Gegend zu bissig."

Sie spitzte nachdenklich die Lippen. „Ashlyn versucht, all ihren Backwaren Namen zu geben, die sich auf Alaska beziehen. Ich sollte *Bissige Donuts* vorschlagen."

„Ich weiß nicht, ob das so ansprechend klingt."

„Was meinst du damit? Klingt doch niedlich! Niedliches Gebäck in Raubtierform gefüllt mit Himbeergelee.“

Er grinste. „Verschreckt das nicht die Touristen?“

Sie biss sich auf die Lippe. „Vielleicht. Vielleicht aber auch nicht. Jetzt will ich einen Donut mehr denn je. Ich muss aufhören, über Backwaren zu reden.“ Sie bedeckte ihre Augen mit einem Arm. „Erzähle mir mehr von deiner Kindheit. Du sagtest, deine Mutter ist nicht mehr in eurem Leben. Wenn Gefährten für Wandler aber so wichtig sind, warum ist sie dann gegangen?“

Seine Stimmung verdüsterte sich. Er hasste es, an seine Mutter zu denken, geschweige denn über sie zu reden. Aber Lana war seine Gefährtin. Sie sollte alles über ihn wissen.

„Viele Wandler heiraten, haben Familien und ein erfülltes Leben, ohne jemals ihre wahren Gefährten zu treffen. Wir erwarten es nicht. Wenn es passiert, ist die Verbindung, die wir eingehen, allerdings unzerbrechlich. Und unbestreitbar.“ Unbehaglich rutschte er auf seinem Platz umher, und als er wieder sprach, war seine Stimme ein heiseres Flüstern: „Meine Mutter und mein Vater waren fast fünfzehn Jahre zusammen, als sie ihren Gefährten traf."

Lana hob den Arm von ihrem Gesicht und runzelte verwirrt die Stirn. „Willst du damit sagen, dein Vater war nicht ihr Gefährte?"

„Richtig." Er schüttelte langsam den Kopf. „Sie liebte meinen Vater und hasste es, ihn zu verletzen, aber sie traf ihren Gefährten beim Shoppen in Anchorage, und das war's. Sie lebt jetzt mit ihm in Seattle."

Ihr Mund bildete ein schockiertes O. „Wie konnte sie ihre Kinder einfach im Stich lassen?"

Elias zuckte mit den Schultern. „Sie wollte uns mitnehmen, aber meine Brüder und ich beschlossen, dass wir das Dad nicht antun konnten. Sie hatte jemanden. Dad hatte nur uns." Er seufzte. „Das Problem war, dass er sie liebte, obwohl sie keine Gefährten waren. Er liebte sie so sehr, dass er entschied, sie gehen zu lassen. Aber der Verlust hat ihm viel gekostet. Er ist ein guter Mann, und ich habe sie lange gehasst." Selbst jetzt wusste er nicht, was er über diese ganze Sache denken sollte. Durch Lana war ihm bewusst geworden, wie intensiv die Verbindung zwischen Gefährten sein konnte, aber auch die Bindung einer Mutter zu ihren Kindern sollte stark ausgeprägt sein. Dennoch war sie gegangen. Sie hatte ihn und seine Brüder verschmäht und niemals zurückgeblickt.

„Hat dein Vater mittlerweile seine eigene Gefährtin gefunden?"

„Nein. Die meisten Wandler finden nie ihren wahren Gefährten. Du bist etwas Besonderes. Selten."

„Keine Ausrede rechtfertigt es, die Verantwortung gegenüber den Kindern zu ignorieren." Sie schüttelte den Kopf. „Kinder brauchen ihre Mutter. Niemals hätte sie auf diese Weise wegziehen dürfen."

Er lächelte und dachte an Lana mit ihrem ersten Kind in den Armen. „Du wirst mal eine großartige Mutter sein."

„Vielleicht eines Tages", sagte sie und wich seinem Blick aus. „Erzähl mir, wie du aufgewachsen bist. Konntest du dich sofort in einen Seehund verwandeln? Das ist doch sicher eine Herausforderung für Wandler-Eltern."

Neben ihr legte er sich auf das Fell und verschränkte die Hände hinter dem Kopf. „Die meisten Kinder erlangen in der Pubertät die Fähigkeit, sich zu verwandeln. Mit vierzehn ist es das erste Mal passiert."

„Oh, das ergibt Sinn." Lana gähnte und drehte sich zu ihm. „Wie wird es laufen, wenn ich zu einem Seehund werde? Weiß ich instinktiv, wie ich mich verwandeln muss?"

Er verzog das Gesicht zu einer Grimasse. „Ich habe vergessen, etwas zu erwähnen: Es besteht die Möglichkeit, dass du keinen Seehund bekommst. Die Seelen könnten dir ein anderes Tier geben. Oder überhaupt kein Tier."

„Du hast gesagt, wir würden den Gletscher besuchen und ich würde dort zu einem Seehund kommen."

„Ich sagte zu einem Seelentier. Alles hängt von der Magie ab, der wir unsere Macht verdanken."

Sie entließ einen frustrierten Laut. „Am Ende bekomme ich wahrscheinlich einen Hering oder etwas in der Art."

Er zwickte ihr in die Nase. „Wohl eher einen Killerwal. Du bist zu kühn, um ein Hering zu sein."

Ihre Augen funkelten. „Gibt es Orca-Wandler?"

„Ich habe nur von einem gehört, und es mag nichts anderes sein als ein Gerücht. Ich denke, Orcas sind für sich genommen sehr intelligent – intelligenter, als die meisten Tiere, mit denen wir unsere Seele teilen." Sein Seehund reagierte bei der Beleidigung, aber er beruhigte sein Tier, indem er eine Hand unter Lanas Oberteil schob und sie auf ihre warme, seidige Haut legte. Ihre volle Brust füllte seine Handfläche und ihr Nippel richtete sich auf.

Sie schloss die Augen und fuhr mit der Zunge über ihre Unterlippe. „Elias Sobol, du wirst mein Tod sein."

Er schob ihr Oberteil nach oben und nahm die Knospe zwischen die Lippen. Er konnte spüren, wie ihre Zeit auf der Insel zu einem Ende kam und er wollte das Beste daraus machen.

Lana hatte keine Energie mehr. Sie war vollkommen erschöpft. Jedoch war Elias' Berührung wie eine Droge, und sie war süchtig. Ein Blick reichte und sie schmolz dahin. Sie schaffte es nicht, sich auf irgendetwas zu konzentrieren, außer darauf, was er sie fühlen ließ. Sie wusste nicht, wie oft sie bereits gekommen war, seit das alles begonnen hatte. Sie war sich jedoch ziemlich sicher, dass sie in den letzten Stunden mehr Orgasmen hatte, als in ihrem gesamten Leben zusammengenommen. Offensichtlich waren Selkies Sexmaschinen.

Von ihrer letzten Zusammenkunft noch schwer atmend lag sie bewegungslos auf dem Fell und starrte auf die Äste über ihr. Sie dachte an seine Familie und wie glücklich sie sich fühlte, dass ihre Eltern stets eine beständige Einheit gebildet hatten. „Ist deine Mom der Grund, warum du nicht versucht hast, meine Ehe zu zerstören?"

„Ja. Aber jetzt, wo du ledig bist, beantrage ich sofort eine Heiratsurkunde, wenn wir wieder in Kenai sind. Möchtest du eine kirchliche Hochzeit oder etwas weniger Formelles?"

„Wow, mal langsam mit den jungen Seehunden." Sie warf beide Arme in die Höhe, als die Panik in ihr anstieg. Das klang viel ernster, als sie es sich vorgestellt hatte. „Ich dachte, diese Gefährten-Sache wäre nur körperlich. Vom Heiraten hast du nichts gesagt."

Sie und Peter waren erst ein paar Wochen zusammen gewesen, bevor sie sich das Ja-Wort gegeben hatten. Sie war von ihm und seinem rauen Leben als Fischer fasziniert gewesen. Ihre Mom hatte versucht, sie zu warnen, hatte nicht gewollt, dass sie sich so schnell an einen Mann band, aber Lana schien immer zuerst zu handeln und später nachzudenken. Kurz nach der Hochzeit wurde Peter gegenüber allem und jedem misstrauisch. Er hatte sogar seinen Deckarbeiter gefeuert, eifersüchtig auf die Art, wie sie mit ihm scherzte. Elias war ein Schläger, genau wie Peter. Das Letzte, was sie brauchte, war ein anderer Mann, der ihr sagte, was sie zu tun und zu lassen hatte.

„Willst du keine Zeremonie, zu der du auch deine menschliche Familie einladen kannst?", fragte er. „Für unsere Flitterwochen können wir in der Paxon-Lodge übernachten. Sie wird von einem Rabenschwarm betrieben und liegt nicht weit vom Gletscher. Sie sind auf frischvermählte Wandler spezialisiert."

„Ich denke, du hast hier die falsche Vorstellung. Ich werde dich nicht heiraten." Sie war nicht im Begriff, sich erneut an einen Mann zu binden – weder rechtlich noch finanziell oder emotional. „Du meintest, es sei eine Wandler-Sache. Eine physische Sache. Das sollte es auch bleiben."

„Lana, es tut mir leid. Wenn es um Romantik geht, bin ich wirklich furchtbar. Sobald wir erneut in Kenai sind, verspreche ich, dich angemessen zu umwerben."

„Nein." Sie nahm ihr Höschen aus der Jeans. „Nach Peter habe ich mir geschworen, nie wieder zu heiraten."

„Warum nicht? Wir sind Gefährten", knurrte er.

Lana mied seinen Blick, als sie mit dem Höschen kämpfte. Ihre niederen Gefilde waren von ihrem intensiven Liebesspiel noch immer empfindlich, und sie konnte nicht leugnen, dass sie mehr wollte – insbesondere, wenn er seine Worte auf diese Weise knurrte. *Es ist nur Chemie.* Körperlich waren sie unglaublich kompatibel; wahrscheinlich würde sie jeden weiteren Sexpartner mit ihm vergleichen und alle würden sie den Kürzeren ziehen. Aber das bedeutete nicht, dass sie ihn heiraten würde. „Tiere paaren sich ständig. Ich hatte keine Ahnung, dass das Heirat einbezieht."

„Du bist die frustrierendste Frau, der ich jemals begegnet bin." Er zog sein Robbenfell zu sich. „Was hast du gedacht, was ich tue, als ich dich beansprucht habe?"

„Woher zum Teufel soll ich das denn wissen! Ich dachte, dass du damit deinen Seehund befriedigen willst. Du hast mich vor dem Biss nicht mal gewarnt." Sie schlüpfte in ihre sandige Jeans. „Konzentrieren wir uns einfach darauf, von dieser Insel wegzukommen, okay?"

„Da du es ansprichst." Elias wickelte das Fell um seine Hüfte. „Es ist besser, wenn niemand weiß, dass ich bei dir war."

„Warum das?"

Er zuckte mit den Schultern. „Niemand weiß, dass ich vermisst werde."

„Vermisst dich deine Besatzung denn gar nicht?" Sie richtete sich auf und sah ihn verwirrt an.

„Sie wissen, dass ich bei dir bin. Sie würden mich also nicht als vermisst melden."

Sie atmete langsam aus und verstand nun, was er meinte. „Sie sind auch Wandler?" Dann erkannte sie etwas anderes. „Was zum Teufel, Elias? Willst du mir damit sagen, dass du uns bereits hättest retten können?"

Elias spürte, wie Hitze von seiner Brust in sein Gesicht stieg. Diese Situation mit Lana wurde von Minute zu Minute komplizierter, und es schien, als ob sie nur nach einem Grund suchte, ihn wieder zu hassen. „Sicher, ich hätte Hilfe holen können. Aber wie hätte ich dir das erklären sollen? Oh, übrigens, ich werde spurlos verschwinden, nachdem ich dich gerettet habe, aber keine Sorge, alles cool."

Wut strahlte in Wellen von ihr ab. „Besser, als mich hinters Licht zu führen, damit du Sex mit mir haben kannst."

„Bitte was? Viel hat es ja wohl nicht gebraucht. Du hast mich angefleht, dich zu ficken."

„Das habe ich ganz sicher nicht!" Ihre Wangen waren knallrot.

Er trat einen Schritt näher und blickte ihr von oben in die Augen. „Ich habe dir die Chance gegeben, *Nein* zu sagen. Mehr als einmal. Du wolltest mich so sehr, wie ich dich wollte."

„Ich wollte nur etwas Komfort! Etwas, um mich davon abzulenken, auf einer abgelegenen Insel gestrandet zu sein." Mit einer ausladenden Handbewegung wies sie auf das felsige Ufer. „Nun stellt sich heraus, dass ich schon zuhause sein könnte, wenn mein Ritter in glänzender Rüstung auch nur ein wenig Ehre in seinem Körper hätte."

Hitze entflammte tief in seiner Brust. „Wäre ich ehrenlos, hätte ich dich vor Jahren von deinem nichtsnutzigen Ehemann gestohlen."

Ihre Augen glitzerten mit unvergossenen Tränen. Sicher, er war frustriert, aber zum Weinen wollte er sie ganz sicher nicht bringen. Er milderte seinen Ton. „Ich habe versucht, Hilfe zu holen." Er griff nach ihren Händen, doch sie zuckte von ihm weg. „An dem ersten Tag, als du dir den Knöchel verstaucht hast und fast wieder ertrunken wärst, habe ich genau das getan."

Sie spottete: „Du hast gesagt, dass du nicht riskieren wolltest, dass ich zurückblicke und dich in einer Lüge erwische. Wie es scheint, hast du mich die ganze Zeit angelogen! Gehen wir davon aus, dass du Hilfe holen wolltest. Warum bist du dann allein zurückgekommen? Warum sind wir noch hier?"

„Meine meuterische Crew bestand darauf, dass ich die Gelegenheit nutze, dich für mich zu beanspruchen."

Sie entließ ein verbittertes Lachen. „Oh, und wie du die Gelegenheit genutzt hast."

„Du verstehst nicht." Er packte ihre Schultern. „Ich musste dir beweisen, dass ich nicht der Feind bin!"

„Lass mich los!" Sie befreite sich aus seinem Griff und schubste ihn von sich. „Du bist der Feind! Du bist ein Monster! Ich hasse dich!"

Ihre Worte trafen ihn wie eine Harpune. Die Finsternis näherte sich aus den Augenwinkeln und er atmete langsam aus. Lana sollte jetzt bei ihm sein wollen. Es sollte ihr unmöglich sein, ihm zu widerstehen. Aber der Gefährtenbund hatte ihre Gefühle offensichtlich nicht verändert. Sie würde ihn für immer als Feind betrachten.

Er drehte sich um, marschierte zum Wasser, zog sein Robbenfell nach oben, bis es ihn bedeckte, und tauchte ohne einen Blick zurück in die Wellen. Er war fertig damit, zu beweisen, dass er ihrer Liebe würdig war.

Liebe ist nicht wichtig, knurrte sein Seehund. *Wir haben sie gebissen und für uns beansprucht. Sie gehört uns!*

Er durchbrach die Wasseroberfläche und atmete tief ein, der Sauerstoff brannte in seinen Lungen. Vielleicht stimmte es, was Lana gesagt hatte. Vielleicht war die Verbindung nur körperlich. Vielleicht verlangte er mit dem Wunsch nach Liebe zu viel. *Mom hatte Dad geliebt.* Immer wieder hatte sie das gesagt, selbst als sie ihre Koffer gepackt hatte. Sagte sie ihrem Gefährten, dass sie ihn liebte? Elias hatte nach der Scheidung nur wenig Zeit mit ihr verbracht und wusste es nicht.

Klug – ehrenhaft – wäre es, Lana von der Insel zu holen. Aber sein Tier wollte sie nicht gehen lassen. Für einen flüchtigen Moment fragte er sich, ob er sie dort für immer behalten, ein kleines Haus bauen und ihr regelmäßig Nahrungsmittel bringen könnte. *Natürlich nicht.* Das wäre verrückt. Sie als Gefangene zu halten, würde ihren Hass auf ihn nur verstärken, und irgendwann würde sie jemand finden. Zudem verdiente Lana mehr als ein Leben auf einer einsamen Insel. Seine Gefährtin verdiente die Welt.

Einmal mehr ergab er sich dem Schicksal, sie aus der Ferne zu beobachten. Dann sandte er ein mentales Signal an seine Besatzung, die er einige Meilen östlich wahrnahm. Vom Boot würde er die Küstenwache anrufen und ihnen sagen, er hätte ihr Signalfeuer entdeckt. Sie würden sich um den Rest kümmern.

Er erreichte die *Utkin* und Bobby half ihm an Bord, sein bärtiges Gesicht zierte ein anzügliches Grinsen. „Und? Haben wir ein neues Besatzungsmitglied?"

Elias knirschte mit den Zähnen. „Nein." Er hatte angenommen – wenn er Lana jemals davon überzeugen könnte, sich mit ihm zu paaren –, dass sie sich seiner Crew anschließen würde. Nun musste er sich eingestehen, dass das von vornherein ein utopischer Gedanke gewesen war. Sie hatte ihr eigenes Leben. „Sie ist die Kapitänin ihres eigenen Fischerbootes und wird es immer sein."

„Okay, okay." Bobby trat zurück, um ihm Platz zu geben. „Dann eben ein neuer Kapitän in unserer Flotte. Zwei Boote sind besser als eins."

„Woohoo, wir sind eine Flotte!", jubelte Dean.

„Wir sind keine Flotte." Elias schlang sich das Robbenfell um seine Hüfte und marschierte zum Ruderhaus.

Jacob hatte in seiner Abwesenheit das Steuer übernommen. Mit verschränkten Armen blockierte er ihm den Zugang. „Wir haben doch gesagt, dass du erst wieder an Bord kommen kannst, wenn du sie für dich beansprucht hast."

Elias entblößte seine Zähne. „Nicht, dass es dich etwas angeht, aber ich habe sie beansprucht. Und jetzt geh mir aus dem Weg."

Jacob wehrte sich nicht, als Elias ihn beiseiteschob. Bobby kam ins Steuerhaus, die anderen Männer dicht hinter ihm. „Sollen wir das Ruderboot runterlassen, um sie abzuholen?"

„Nein. Die Küstenwache kann die Angelegenheit übernehmen."

„Wir wären schneller bei ih –"

„Ich habe *Nein* gesagt! Und jetzt verschwindet." Elias legte alles in seine Anweisung, was er als Alpha aufbringen konnte, und wies mit dem Finger zur Tür.

Die Männer gehorchten. Abgesehen von Jacob, der eintrat und die Tür hinter sich zumachte. Es war keine wirkliche Privatsphäre, da Elias sicher war, dass jeder sie von der anderen Seite hören konnte, aber zumindest konnten sie nicht sehen, wie fertig und gebrochen er sich fühlte.

Jacob richtete seinen Blick auf ihn. „Sag mir, was los ist."

Sie hatten viel zusammen durchgemacht, und wenn Elias die Sachlage nicht erklärte, würde sein Freund ihn wahrscheinlich wieder vom Boot werfen. „Sie hasst mich immer noch, okay?"

Jacob blickte ihn argwöhnisch an. „Hast du, ähm ... dich ihr aufgedrängt?"

„Nein!" Elias funkelte seinen Freund wütend an. „Nein, ich habe mich ihr nicht aufgedrängt. Du solltest mich besser kennen. Körperlich passen Lana und ich perfekt zusammen. Mein Seehund ist sehr zufrieden mit sich selbst. Aber Lana denkt, ich hätte sie angelogen. Außerdem liebt sie immer noch ihren Mann."

„Ist ihr Ehemann nicht tot?" Verwirrung zeichnete sich auf Jacobs Gesicht ab, was Elias' eigenen inneren Aufruhr widerspiegelte.

„Ja." Elias' Lippen verzogen sich vor Selbsthass. *Ich kann nicht mal mit dem Kerl konkurrieren, wenn er tot ist.* Wie erbärmlich war er? Er brach auf dem Kapitänssessel zusammen und starrte durch die Fenster auf das aufgewühlte Wasser. „Ich hätte nie zu dieser Insel zurückkehren sollen."

Jacob zog eine Jogginghose aus dem Stauraum und warf sie ihm zu. „Ich hole dir einen Kaffee. In der Zwischenzeit kannst du deinen nackten Arsch von dem Stuhl nehmen und dich wie ein normaler Mensch kleiden."

Kaffee klang gut, aber er kam nicht umhin, an Lana zu denken, kalt und allein auf der Insel. Schlechtes Wetter rückte näher, Regen peitschte gegen die Windschutzscheibe. Was, wenn sie etwas Dummes tat, bevor die Küstenwache sie erreichte? Sein Magen rebellierte. Sie hatte die Tendenz, sich von Leichtsinn führen zu lassen. Er schnappte sich das Funkgerät. „Küstenwache, hier spricht die *Utkin.* Wir haben auf einer Insel etwas entdeckt, das wie ein Signalfeuer aussieht. Die Felsen im Wasser machen es uns unmöglich, uns zu nähern. Over."

„Roger, *Utkin.* Schicken Sie uns Ihre Koordinaten, sodass wir einen Hubschrauber senden können. Danke."

Nun, das war's. Lana hatte deutlich gemacht, dass sie allein klarkam. Bald wäre sie wieder in ihrer eigenen Welt. Umgeben von Menschen. Er schob seine Beine in die Jogginghose und verwandelte sein Fell in seine übliche lange Weste.

Jacob kehrte mit einem dampfenden Becher Kaffee zurück, und Elias nahm einen dankbaren Schluck und ließ sich von der heißen Flüssigkeit wärmen. Der Kaffee schmeckte bitter, was darauf hinwies, dass er zu lange auf dem Herd gestanden hatte. Zumindest weckte er ihn auf. Er nickte seinem Freund zu. „Danke."

„Es tut mir echt leid, Kumpel." Jacob trank von seiner eigenen Tasse. „Wenn wir gewusst hätten, dass die Dinge so enden würden, hätten wir's nicht erzwungen. Weiß sie, dass du ein Selkie bist?"

„Ja, sie weiß alles. Es lief eigentlich ziemlich gut, bis ich sagte, dass ich sie heiraten will." Das Boot bewältigte eine Welle und es kippte ein wenig, sodass Elias das Steuer anpassen musste. „Sie will kein Leben mit mir. Warum gibt mir das Schicksal eine Frau, die mich nie lieben wird?"

„Vielleicht braucht sie nur Zeit. Ich meine, letzte Woche hat sie dich noch verachtet."

Elias verzog das Gesicht. „Ich denke, sie verachtet mich auch jetzt noch." Es würde schwer werden, wenn er ihr das nächste Mal begegnete. „Das alles erinnert mich so sehr an meine Eltern."

Jacob runzelte die Stirn. „Das ist doch Blödsinn. Diese Situation hat rein gar nichts damit zu tun."

„Andere Situation. Gleiches Ergebnis. Lana liebt ihren Mann, ist nun aber an mich gebunden." Elias schlug mit der Faust auf die Armlehne und presste die Augen vollkommen trostlos zu.

„Lanas Ehemann ist tot, nicht länger hier, um ihr ein schlechtes Gewissen zu machen."

Mit zu Fäusten geballten Händen starrte er seinen Freund nieder. „Mein Dad ist nicht in Moms Nähe geblieben. Und er hat nicht versucht, ihr ein schlechtes Gewissen zu machen. Ich verlege die *Utkin* zurück nach Homer, sobald die Saison vorbei ist. Ich könnte es nicht ertragen, sie jeden Tag zu sehen."

„Glaubst du wirklich, dass du sie einfach zurücklassen kannst?"

„Nun, ich kann mit ihr nicht in eine andere Stadt fliehen. Der Geist ihres Mannes wird uns überallhin verfolgen. Es ist das Beste, wenn ich sie gehen lasse."

Wenn Lana ihn nicht wollte, konnte er nur eins tun: Er musste sie loslassen, sodass sie ihr Leben leben konnte.

17

Lana fühlte sich furchtbar, als sie auf den leeren, grauen Horizont starrte. Der Schmerz in Elias' Augen, als sie sagte, dass sie ihn hasste, hatte den gleichen Effekt wie ein Eimer mit Eiswasser. An Ort und Stelle war sie erstarrt. Warum hatte sie das gesagt? Es stimmte nicht. Sicher, sie war verwirrt, frustriert und höllisch angepisst, aber sie hasste ihn nicht.

Bevor sie sich jedoch entschuldigen konnte, war er weg, seine glatte, dunkle Robbengestalt ritt bereits die Wellen und verschwand schließlich unter der Wasseroberfläche. Warum war sie so verdammt impulsiv? Diese Charaktereigenschaft machte ihr das Leben schwer. Sie verstand, weshalb er die

Wahrheit zurückgehalten hatte und wusste, dass er sie nicht ausgetrickst hatte, um Sex mit ihr zu haben. Aber die Emotionen, die er ihr entlockte, fühlten sich zu echt, zu permanent an, um sich ihnen zu stellen. Bis sie von dieser verdammten Insel kam, konnte sie ihren Gefühlen nicht trauen.

Sie zog ihre Kapuze über ihren Kopf, festigte die Schnüre unter ihrem Kinn und schnappte sich dann ihren Regenmantel. Bisher hatte sie die zusätzliche Wärme nicht gebraucht. Doch der Wind nahm wieder zu, und ohne Elias' Hitze drang die Kälte tief bis in ihre Knochen vor. Würde er Hilfe senden? Sie hatte ihm vorgeworfen, keine Ehre zu haben, und ja, vielleicht waren seine Motive etwas fehlgeleitet gewesen, jedoch hatte er sich um sie gekümmert, sie am Leben gehalten und ihr am Ende die Wahrheit gesagt. Sie hatte das Gefühl, dass er für sie zum Nordpol schwimmen würde, wenn sie ihn darum bitten würde. Er war die ehrenwerteste Person, die sie jemals getroffen hatte.

Und sie war schrecklich zu ihm gewesen.

Das Feuer würde nicht mehr lange brennen, die feuchten Scheite zischten und dampften, und der Wind wehte Sand in ihr Gesicht. Da sie nicht wusste, was sie nun tun sollte, konzentrierte sie sich darauf, Treibholz zu sammeln, und setzte sich hinter dem Feuer an den Baumstamm. Sie war erschöpft und ihr Verstand spielte immer wieder Szenen aus den letzten Tagen ab. Elias' sinnliches Grinsen, als sie zum ersten Mal neben ihm unter dem Fichtenbaum aufgewacht war. Wie süß er gewesen war, als er versucht hatte, diesen riesigen Baumstamm auszugraben. Nicht zu vergessen: Ihr erster Kuss.

Und der besitzergreifende Sex zusammen mit dem Biss.

Ihre Finger berührten die Stelle an ihrer Schulter. Es hatte nicht wehgetan. Tatsächlich kribbelte es angenehm, als ihre Finger darüber glitten. Sie hatte sich beim Sex noch nie jemandem so nah gefühlt. Ohne ihn an ihrer Seite fühlte sich die Insel ausgedörrt an, ebenso wie ihr Herz. Was, wenn sie sich weiterhin mit ihm treffen würde? Eine Beziehung nicht nur begrenzt auf diese Insel. Eine Beziehung in Kenai. Er hatte versprochen, für sie zu kochen, und ihr kam ein Abendessen bei Kerzenschein in den Sinn, gefolgt von gemütlichen Stunden in ihrem Whirlpool unter den Sternen. Mochten Robben Whirlpools? Sie stellte sich ihn in ihrem Bett vor, seine Lippen heiß an ihrem Hals, während sie sich auf weichen Laken räkelten ...

Der rhythmische Laut eines Hubschraubers riss sie aus den Gedanken. Sie schoss auf ihre Füße und hob den Blick zu den tief hängenden Wolken. Wo war er? Hektisch fütterte sie das Feuer mit Ästen und zog dann ein großes Stück Treibholz in die Flammen, in der Hoffnung, dass der Pilot ihr Signal sah.

Als wüsste er genau, wo er hin musste, tauchte der Hubschrauber aus den Wolken über dem Strand auf. Sie wedelte mit den Armen, Tränen der Erleichterung rollten über ihre Wangen. „Ich bin hier!"

Der Hubschrauber schwebte und schwankte über ihr, wehte Sand und Salz in ihre Augen. Gerade war Flut, was den Platz zum Landen begrenzte. Sie schirmte ihr Gesicht mit den Armen ab und trat zurück, bis sie die Felswand am Rand der Bucht erreichte. Die Seitentür des Hubschraubers öffnete sich und zeigte einen Mann an einem Kabel. Er sprang, landete auf dem Boden und löste schnell die Sicherheitsleine. Das Kabel schwang, als der Hubschrauber aufstieg, und die Rotoren kämpften darum, das Fluggerät in dem starken Wind ruhig zu halten.

Sie eilte nach vorn, als der Mann seinen Helm abnahm und sich ein markantes sommersprossiges Gesicht mit rotgoldenen Haaren zeigte.

„Cal?" Mit offenem Mund ließ sie sich von dem Trooper umarmen.

„Mein Gott, Lana. Du bist am Leben! Alle waren sich sicher, dass du ertrunken bist!"

Sie erwiderte die Umarmung und in dem Moment war es ihr auch egal, dass er in der Vergangenheit ein Arschloch zu ihr gewesen war. Es zählte nur noch, dass er hier war, um sie zu retten. „Ich bin so erleichtert, dass du mich gefunden hast."

Plötzlich schob er sie von sich, seine Nasenlöcher blähten sich auf, sein Blick auf ihrer Schulter. „Bist du allein hier?"

Ihr Atem stockte und ihre Hand bedeckte instinktiv die Stelle, an der Elias sie gebissen hatte. *Cal ist ein Wolfswandler.* Konnte er wahrnehmen, dass sie sich mit Elias gepaart hatte? Ein unbehagliches Lachen löste sich aus ihr und sie ließ den Blick verdächtig über das Wasser schweifen. Eine dunkle Form tauchte mehrere hundert Meter vom Ufer entfernt auf und verschwand dann wieder. *Elias.* Natürlich wollte er sicherstellen, dass das Rettungsteam sie fand. Aber er hatte gesagt, sie solle niemandem erzählen, dass er mit ihr auf der Insel gewesen war. Zog das andere Wandler mit ein? Davon musste sie ausgehen.

Sie richtete ein strahlendes Lächeln an Cal und wies mit einer Hand auf den Strand. „Hier ist niemand außer mir."

Seine Augen verengten sich, aber er ließ das Thema fallen. „In Ordnung", sagte er gedehnt. „Lass uns von hier verschwinden. Wir müssen uns beeilen, bevor dieser Wind noch schlimmer wird."

Aus einem kleinen Rucksack zog er einen Sicherheitsgurt und half ihr, ihn anzulegen. Er sprach in ein Funkgerät an seiner Schulter und rieb dann die Finger über seinen Mund. „Verdammt. Der Pilot sagt, bei diesem Wetter die Rettungsleine zu benutzen, sei zu gefährlich geworden. Wir werden noch eine Weile länger hier unten ausharren müssen."

Der Hubschrauber drehte und flog in nördliche Richtung, der Laut der Rotoren wurde schnell von dem tosenden Wind ausgeblendet. Lana starrte schockiert hinterher. „Sie lassen uns zurück?"

„Sobald der Sturm nachlässt, werden sie zurückkommen."

Das konnte doch nicht wirklich passieren, oder? Zuerst war sie hier mit Elias gefangen – einem Mann, den sie so lange gehasst hatte. Jetzt war sie allein mit Cal, mit dem sie nach dem Tod ihres Mannes einen One-Night-Stand hatte, der unangenehme Folgen nach sich gezogen hatte. Sie wusste nicht, ob sie lachen oder weinen sollte. Na ja, okay, es war lustig. Hysterisches Lachen schwoll in ihrer Brust an. Sie schlang ihre Arme um sich, beugte sich vor und ließ alles heraus.

„Setz dich und trink das." Cal gab ihr eine Flasche Wasser. „Du bist bestimmt dehydriert."

Immer noch hysterisch lachend lehnte sie sich mit dem Rücken gegen den Stamm. Cal nahm eine silberne Rettungsdecke aus seinem Rucksack und wollte sie auf ihren Beinen ausbreiten, aber der Wind riss sie mit sich und schickte sie den Strand hinunter. Er fluchte, rannte der Decke hinterher und nagelte sie unter seinem Stiefel fest. Mit der Hand packte er das Material, drehte sich zu Lana und hob die Decke triumphierend in die Höhe. Das Material knisterte im Wind, als dieser erneut versuchte, ihm die Decke aus der Hand zu reißen.

Im Wasser sah sie, dass sich der Seehund dem Ufer genähert hatte. Sie beobachtete, wie Elias seine Menschengestalt annahm und wie ein Gott aus der schäumenden Brandung trat. Bis zu seinen Hüften stand er im Wasser, das silberne Fell ergoss sich von seiner Brust und wickelte sich um seine Hüfte. Eine Welle schwappte über seine Schultern und doch regte er sich keinen Millimeter, während sein Gesicht einen finsteren Ausdruck zeigte.

Sie hielt den Atem an, als ihr Gefährte aus dem Wasser kam, sein Körper muskulös und so unnachgiebig wie sein Ausdruck. Sie kannte diesen Blick – von Peter. Eifersucht. Aggressivität. *Nein, nein, nein!* Das Letzte, was sie wollte, war, dass es zwischen den Männern zu einer Schlägerei kam. „Elias, nicht! Geh zurück."

Cal war damit beschäftigt, die Rettungsdecke um ihre Beine zu legen. Er warf einen Blick über seine Schulter und lächelte sie dann selbstgefällig an. „Meintest du nicht, dass sonst niemand hier sei?" Als er ihren Gesichtsausdruck sah, zogen sich seine hellen Augenbrauen zusammen. „Hat er dir weh getan?"

„Nein", sagte sie schnell, unfähig, ihre Augen von Elias zu nehmen. „Er ist ... er ist mein Gefährte."

Elias hielt ein paar Schritte entfernt an, die Hände seitlich von ihm zu Fäusten geballt. „Brauchst du Hilfe?"

Cal klemmte die Rettungsdecke unter ihre Füße und positionierte sich zwischen Elias und ihr. Der State-Trooper stemmte die Hände in die Hüften – eine Geste, die keine Herausforderung darstellte, aber Elias würde dennoch verstehen, dass Cal ihn nicht fürchtete. „Wir kommen schon klar. Der Hubschrauber wird bald zurückkommen."

Zu Lanas Überraschung nickte Elias nur, warf einen flüchtigen Blick auf sie und kehrte ins Meer zurück. Er verschwand in den Wellen so plötzlich, wie er aufgetaucht war.

Ihr Adrenalinrausch verdampfte und ihr Todesgriff an der Wasserflasche lockerte sich. Es fühlte sich an, als wäre sie erneut über Bord gefallen und versuchte nun, ihren Kopf über Wasser zu halten. *Was zur Hölle ist da gerade passiert?* Elias hatte keinen Streit begonnen. Hatte nicht darauf bestanden, zu bleiben, um ein Auge auf sie zu haben, obwohl er offensichtlich eifersüchtig war. Er hatte sich auch nicht aggressiv verhalten; er hatte lediglich angeboten, zu helfen. Völlig verwirrt blinzelte sie.

Cal hockte sich vor ihr hin. Er wirkte besorgt. „Hat er sich dir aufgedrängt?"

„Nein!", antwortete sie mit Nachdruck. Schuldgefühle erhoben sich in ihr, als sie sich erinnerte, dass sie Elias derselben Tat beschuldigt hatte. „Ich dachte nur, dass er dich vielleicht gleich schlagen würde."

„Ahhh", sagte Cal. „Er weiß von uns, nehme ich an?"

„Ja", flüsterte sie. Elias wusste es und er war nicht in Rage geraten. Er war nicht wie Peter. Alles, was sie über ihn angenommen hatte, stellte sich als falsch heraus. Er respektierte ihre Wünsche. Er erlaubte ihr Raum, zu atmen. Und sie hatte ihn einfach gehen lassen. Schon wieder, und das, ohne ihn um Verzeihung zu bitten. Ohne sich bei ihm zu entschuldigen. Was lief nur falsch mit ihr?

„Ich würde mir darüber keine Sorgen machen", sagte Cal unbeeindruckt. „Es ist ewig her, und du warst damals eine ungebundene Frau. Hast du Hunger?" Er kramte in seinem Rucksack.

Sie akzeptierte den Energieriegel und hörte nur mit einem Ohr zu, als er beschrieb, wie Suchteams das Gebiet tagelang durchkämmt hatten. *Ich hab's versaut,* wiederholte sie immer und immer wieder in ihrem Kopf. Sie hatte viele Fehler in ihrem Leben begangen, aber das fühlte sich wie der größte an.

18

Vom Meer aus beobachtete Elias seine Gefährtin. Der Wind hatte aufgefrischt und das Wasser kam nun in hohen Wellen daher. Das schränkte seinen Blick auf das Ufer ein und wie bei einer Diashow wurde seine Sicht immer wieder unterbrochen, nur um wenige Sekunden später ein neues Bild zu offenbaren. Klick, Cal übergab etwas an Lana. Klick, eine Wand aus grauem Wasser. Klick, Lana schürte das Feuer. Klick, Wasser.

Seine Eifersucht legte sich wie eine Faust um sein Herz und lastete so schwer wie ein Anker auf ihm. Mehr als einmal versuchte er, sich zurückzuziehen und das Rettungsteam seinen Job machen zu lassen. Jedoch kehrte er immer wieder zur Insel zurück.

Als er sich Cal gezeigt hatte, hatte er das mit einem Hintergedanken getan. Stolz war er darauf nicht. Sein Ziel war es gewesen, dass der Wandler verstand, zu wem Lana gehörte. Erbärmlich, sicher, doch er konnte nicht anders. Lana war allein mit einem Mann, mit dem sie schon einmal intim geworden war, und der Gefährtenbund schien sich auf Menschen nicht auf die gleiche Weise auszuwirken, wie das bei Wandlern der Fall war. Aber Cal war ein Wandler und er sollte es besser wissen, als den Gefährten eines anderen zu berühren.

Die Wellen wurden rauer. Eine Herde von Belugawalen passierte ihn auf der Jagd nach Lachs, ihre freudigen Gesänge auch über die Laute des Sturms hörbar. Dann, zwischen einer Welle und der nächsten, waren Lana und Cal verschwunden. Panik manifestierte sich in seiner Brust. Was, wenn eine Welle sie aufs Meer hinausgefegt hatte?

Er hüpfte über die Wellen, kam ans Ufer und fand das Feuer gelöscht vor. Das Gras, das sich an das Ufer klammerte, wurde vom Wind zur Unterwerfung gezwungen. Er hatte gerade seinen Mund geöffnet, um nach ihr zu rufen, als sein ausgeprägtes Gehör Stimmen im Landesinneren wahrnahm.

Er folgte den Klängen zu der Fichte, wo er und Lana zuerst Zuflucht gesucht hatten. Das Lachen von Cal drang an seine Ohren. Der beißende Geruch von Fichtensaft erreichte ihn und die Haare in seinem Nacken stellten sich auf. Was würde er tun, wenn er sie in den Armen des anderen Wandlers vorfände?

Ein tiefes Knurren erhob sich aus seiner Brust. Seine Hände ballten sich zu Fäusten und er fiel auf die Knie. Sein Tier drängte ihn, unter den Zweigen einen Weg zu dem Paar zu finden und den Wandler von seiner Gefährtin wegzuziehen. Dann könnte er ihm den Kopf und anschließend seine Gliedmaßen abreißen.

Im selben Atemzug erreichte ihn Lanas liebliche Stimme: „Peter hatte davon immer einen Vorrat auf dem Boot."

Seine Wut schoss zurück in seine Brust – wie bei einem Strudel, der Schiffe auf den Meeresboden zog. Am Ende ging es immer um ihren toten Mann. Egal, was Elias von ihm gehalten hatte, sie liebte ihn und würde es immer tun. Sie wollte Elias nicht.

Aber wir haben sie für uns beansprucht, beharrte sein Seehund. *Wir lieben sie.*

Scharf sog er den Atem ein. Liebe? Sein Tier neigte nicht dazu, menschlich zu denken. Verlangen, Lust, Besitz – das waren alles vertraute Empfindungen. Aber Liebe?

Ihre hartnäckige Loyalität, ihre Intelligenz, sogar ihre frustrierend spontanen Entscheidungen erfüllten ihn mit Freude und dem Wunsch, sie glücklich zu machen. Sein Tier hatte Recht; er liebte sie.

Und Lana hasste ihn. Sie hasste ihn so sehr, dass sie ihm gesagt hatte, er solle zurück ins Meer gehen, als er sich Cal gezeigt hatte. Es spielte keine Rolle, dass er das Richtige getan und Hilfe gerufen hatte. Sie wollte ihn nicht um sich haben, würde ihm wahrscheinlich nie wieder vertrauen. Er hatte jede Chance verspielt, ihr zu zeigen, dass er nicht ihr Feind war, und jetzt musste er damit leben.

Der beste Weg, sie zu lieben, war, sie gehen zu lassen.

Er eilte zurück zu den schäumenden Wellen, verwandelte sich und verließ die Insel. Das war das

Schwierigste, was er jemals getan hatte, aber er würde ihre Wünsche respektieren.

Er tauchte in die Wellen und folgte der Strömung hinaus ins Meer. Er würde bei der *Utkin* einen Zwischenstopp einlegen und seiner Crew sagen, dass er nicht nach Kenai zurückkehren würde.

Von nun an würde er sein Leben als Seehund verrichten, allein auf der offenen See.

Der Hubschrauber kehrte zurück, als der Sturm nachgelassen hatte. Schließlich hob er vom Ufer ab und Lana spürte wahre Erleichterung. Dass die Sache mit Elias ungeklärt war, machte sie krank. *Du kannst ihn suchen gehen, wenn du wieder in Kenai bist,* erinnerte sie sich, als sie sah, wie die Insel am Horizont verschwand.

Aber sie hasste es, zu warten.

Sie lehnte sich zurück und versuchte, die Hubschrauberfahrt zu genießen. Sie war noch nie in einem geflogen, und sie musste sagen, dass es dem Gefühl auf einem Boot recht nah kam. Aber bei dem Blick auf das Wasser, das so weit unten vorbeizog, wurde ihr schwindelig, und sie entschied, nicht länger aus dem Fenster zu schauen.

Als der Hubschrauber schließlich auf einem kleinen Flughafen landete, wartete ein Krankenwagen auf dem Rollfeld, und Schaulustige hatten sich hinter dem Maschendrahtzaun eingefunden. Zwei Sanitäter begleiteten sie durch den Regen in den hinteren Teil des Krankenwagens, um sie zu untersuchen. Sie zappelte, als die Ärztin eine Blutdruckmanschette um ihren Arm legte. Wo war Ashlyn? Elias? Sie hatte angenommen, dass jemand hier sein würde, um sie zu begrüßen. Elias hatte fast acht Stunden Vorsprung, sicher hatte er inzwischen Kenai erreicht.

Sie wich den behandschuhten Händen des Sanitäters aus. „Ich muss gehen.“

„Sie sind bestimmt dehydriert. Wir sollten Ihnen einen Zugang legen, um Ihnen eine eine Infusion zu geben.“ Die Sanitäterin packte Lanas Arm.

„Nein, ich brauche das nicht. Wirklich, es geht mir gut.“ Sie riss die Blutdruckmanschette ab. Es überkam sie das starke Bedürfnis, ihren Gefährten zu finden. Sie gehörten doch zusammen. Sie war ein Narr gewesen, es zu leugnen. Sie hoffte nur, dass sie nicht zu spät war, um die Dinge wieder in Ordnung zu bringen.

„Es gibt keinen Grund zur Eile", sagte der männliche Sanitäter und legte eine Hand auf ihre Schulter, um sie wieder dazu zu bewegen, sich hinzusetzen. „Sie haben Entsetzliches durchgestanden. Es ist Ihnen erlaubt, kurz zur Ruhe zu kommen und durchzuatmen."

Lana wich ihren Händen aus und duckte sich aus den offenen Doppeltüren in den Nieselregen. Sie konnte ihnen nicht den wahren Grund nennen, warum sie so verzweifelt gehen musste, also sagte sie: „Die Fische sind hier. Ich kann es mir nicht leisten, einen weiteren Schwarm zu verpassen."

„Sie tun niemandem einen Gefallen, wenn Sie umkippen." Die Frau folgte ihr aus dem Krankenwagen.

„Es hat fünf Tage lang geregnet. Ich bin nicht dehydriert."

Am Zaun entdeckte sie ihre Cousine Ashlyn neben Jeanette, beide in Regenmänteln, die Kapuzen tief ins Gesicht gezogen, die Finger durch den Maschendraht gefädelt. Die Leute schossen Fotos. Eine lokale Reporterin begann Fragen zu schreien und näherte sich ihr unaufhörlich. Lana ignorierte alle Blicke und legte ihre Hand auf Ashlyns Finger. „Warum bist du nicht gekommen, um mich zu begrüßen?"

„Nur die engste Familie darf auf das Rollfeld." Ashlyn drückte ihre Stirn an den Zaun, ihre pinken Strähnen klebten an ihren Wangen. „Geht's dir gut?"

„Ja, aber ich muss hier weg." Lana machte sich auf den Weg zum Tor und Ashlyn und Jeanette liefen auf der anderen Seite mit ihr.

Auf dem Weg erklärte Jeanette, wie die Küstenwache die *Willy Nilly* zurück zum Hafen bringen musste. Lana hörte sie kaum, als sie den Blick über die kleine Menge schweifen ließ. Durch die allgegenwärtigen Regenmäntel sahen alle gleich aus und sie konnte kein Anzeichen auf Elias wahrnehmen.

„Hast du zufällig die *Utkin* gesehen?", fragte Lana, als sie darauf wartete, dass der Sicherheitsbeamte sie rausließ.

Jeanette runzelte die Stirn. „Die *Utkin*? Ich glaube, sie liegen im Fluss vor Anker. Warum fragst du?"

Lana dachte schnell nach und sagte: „Mir ist zu Ohren gekommen, dass sie meinen Standort gemeldet haben. Ich möchte mich bedanken."

In dem Moment, als sie durch das Tor trat, zog Ashlyn sie in eine tränenreiche Umarmung. „Gott sei Dank, es geht dir gut! Ich dachte, du wärst tot."

Jeanette schloss sich der Umarmung an. „Es tut mir so leid, dass ich dich über Bord fallen ließ. Ich hätte mit dir an Deck kommen sollen."

„Dann wären wir beide im Wasser gelandet." Lana umarmte die Frauen und musste Tränen zurückhalten. „Hör auf, dich zu entschuldigen. Nichts davon war deine Schuld."

Nachdem sie ein paar Minuten lang beschrieben hatte, wie sie auf der Insel überlebt hatte, ohne dabei etwas über Elias zu erwähnen, wies sie mit dem Kinn auf die Reporterin, die in Hörweite stand. „Können wir gehen? Ich werde euch mehr erzählen, wenn wir etwas Privatsphäre haben."

„Natürlich." Ashlyn nahm Lanas Hand und führte sie zum Parkplatz.

Lana hielt bei Jeanettes Auto an und zog ihre Hand aus der ihrer Cousine. „Ich werde mit Jeanette zurück zur *Willy Nilly* fahren."

Ihre Cousine verengte die Augen und umklammerte Lanas Handgelenk so fest, dass es an Schmerz grenzte. „Nein, das wirst du nicht. Zuerst musst du essen. Komm mit mir zur Bäckerei und ich mache dir ein Sandwich. Dann kannst du dich um andere Dinge kümmern." Als Lana ihren Mund öffnete, um Widerworte zu geben, fügte Ashlyn hinzu: „Cal rief mich vom Hubschrauber aus an. Wir müssen reden."

„Oh." Lana erkannte die Entschlossenheit in Ashlyns Blick. Ihre Cousine wusste es. Sie würde Lana nicht ohne eine ausführliche Erklärung gehen lassen. Mit einem gestellten Lächeln sagte sie zu Jeanette: „Ich werde für die Reparaturen jemanden kontaktieren und ihn bitten, sich die Navigationsverkabelung anzusehen. Ich komme, sobald ich kann."

Jeanette nickte. „Ich bin so froh, dass du wieder bei uns bist, Kapitän."

Lana rutschte neben Ashley auf den Beifahrersitz. Als sie schließlich unterwegs waren, fragte Ashlyn: „Elias Sobol? Echt jetzt? Wie ist das denn passiert? Du hasst ihn."

Lana spürte, wie ihr die Hitze in die Wangen stieg. „Ja, na ja."

„Ich fasse es nicht." Ashlyn schüttelte den Kopf. „Du hasst ihn!"

Das Verb *hassen* ließ Lana zusammenzucken. Das war das Letzte, was sie zu Elias gesagt hatte – zu ihrem Gefährten –, bevor er verschwunden war. „Ich habe ihn gehasst. Aber das tue ich nicht mehr."

Gleich darauf erklärte Lana Ashlyn alles, was passiert war. „Ich habe es nicht wirklich so gemeint, als ich sagte, dass er ein Monster ist. Aber er wollte heiraten. Heiraten!"

Ashlyn fuhr auf den Parkplatz und stellte den Motor ab. „Du bist sauer auf ihn, weil er dir einen Antrag gemacht hat?"

„Er hat nicht gefragt. Er hat es erwartet. Und warum müssen Gefährten überhaupt verheiratet sein?" Durch die Hintertür folgte sie Ashlyn in die Bäckerei. Ihr Magen knurrte laut, als sie von den köstlichen Aromen aus frischem Brot, Vanille und Butter umhüllt wurde.

„Ich denke, dass dein Blickwinkel durch Peter verzerrt wurde." Ashlyn zog zwei frisch gebackene

Ciabattas aus der Vitrine und stapelte geräucherte Truthahnscheiben auf die aufgeschnittenen Hälften.

„Aber wir kennen uns kaum. Erst hasse ich ihn und zwei Tage später heirate ich ihn plötzlich? Das ist doch verrückt. Und ... ist diese Gefährten-Sache nicht rein körperlich?"

„Kepler und ich kannten uns auch nur ein paar Tage, aber es war, als ob unsere Seelen einander erkannten. Er passt perfekt zu mir."

Lana dachte darüber nach, wie verlassen sie sich gefühlt hatte, als Elias gegangen war, wie der Schmerz in seinem Gesicht einen Weg direkt in ihre Seele gefunden hatte. Sie war immer zu forsch, zu impulsiv. Es schien, als ob sie stets falsche Entscheidungen traf und dann die Folgen ausbügeln musste. Gerade konnte sie sich nicht entscheiden, ob sie nachhause gehen und in ihr Kissen weinen, oder sie ihre Liebe zu Elias von den Dächern schreien wollte. „Im Moment fühle ich mich wieder wie ein Teenie."

Ashlyn lächelte und reichte ihr das Sandwich. „Der Gefährtenbund neigt dazu, dass du dich in einem Augenblick so lebendig wie nie fühlst und dir im nächsten vor Angst in die Hose machst."

Lana nahm das Sandwich entgegen und biss hinein. Die Salatblätter waren knackig und der Truthahn ließ ihr das Wasser im Mund zusammenlaufen. „Danke." Sie kaute ein paar Minuten und dachte an Elias. „Also werde ich mich den Rest meines Lebens so fühlen?"

„Ich kann nicht für deine Beziehung sprechen, aber nach einer Weile sind die Höhen nicht mehr so hoch und die Tiefen nicht mehr so tief. Ich denke, du solltest Elias eine Chance geben."

„Ich glaube eher, dass er mir eine geben muss. Ich habe ihn wirklich verletzt." Sie starrte auf das Essen in ihrer Hand. Ihr war der Appetit vergangen. „Kann ich mir dein Auto borgen? Ich muss zurück zur *Willy Nilly*."

„Warum machst du dich nicht frisch, dann fahre ich dich. Du kannst meine Sachen verwenden und dir Kleidung aus dem Schrank nehmen."

Lana lächelte dankbar und tat genau das. Es verletzte sie, dass Elias nicht zum Flugplatz gekommen war, aber sie gab ihm nicht die Schuld, nachdem sie sich ihm gegenüber so furchtbar verhalten hatte. Außerdem hatte er zwei Tage nicht fischen können und wenn die Schwärme kommen, konnte ein Fischer an nichts anderes denken. *Außer vielleicht an seine Gefährtin in Not.*

Ashlyn fuhr sie zur Anlegestelle, wo Jeanette mit dem Schlauchboot auf sie wartete. Nachdem sie Jeanette an der *Willy Nilly* abgesetzt hatte, machte sich Lana auf den Weg zur *Utkin*, die im Fluss vor Anker lag. Bluegrass-Musik drang vom Boot an ihre Ohren und ihr pralles Schlauchboot stieß minutenlang gegen den Rumpf, ohne dass sie jemand bemerkte. Sie entschied, mit der Handfläche gegen das Boot zu schlagen. „Hey, ist jemand zuhause?"

Ein Mann mit einer Robbenfellmütze spähte über das Seitendeck – Walton, wenn sie sich richtig erinnerte. „Hi", rief sie, grinste und stellte den Motor ab. „Ist Kapitän Sobol an Bord?"

Er zog sich ohne ein Wort zurück und wurde einen Moment später von einem anderen Mann mit einem dunklen Bart und grünbraunen Augen ersetzt. Die Musik verstummte. „Ich bin Elias' Erster Offizier. Mein Name ist Jacob. Ich fürchte, er ist nicht hier."

Ihr Herz sank und Hitze stieg in ihre Wangen. Hatte Elias ihnen befohlen, sie abzuwimmeln? Sie griff nach dem Bootstau und holte Schwung. „Ich muss dringend mit ihm reden. Erlaubnis, an Bord kommen zu dürfen."

Mit eiskalten Augen schüttelte er den Kopf. „Er ist wirklich nicht hier, Schätzchen."

Sie knirschte mit den Zähnen, als er sie Schätzchen nannte, aber dieser Kerl war im Moment der Torwart und sie müsste nett sein, um den Ball an ihm vorbeizubekommen. Sie warf ihm das Tau zu und hörte, wie es auf dem Deck aufschlug. Er machte keine Anstalten, es aufzuheben.

„Geht er mir aus dem Weg?", fragte sie.

Drei weitere Männer erschienen. Jetzt wurde sie von vier Augenpaaren angestarrt. Was hatte Elias ihnen erzählt? Langsam aber sicher entfernte sich ihr Schlauchboot von der *Utkin*.

„Bitte", flehte sie. „Ich muss mich bei ihm entschuldigen."

Jacob zog eine Augenbraue hoch. „Musst du?"

Sie nickte und sah von einem Gesicht zum nächsten. „Bitte sagt ihm, dass ich mit ihm sprechen möchte."

Jacob fuhr mit einer großen Hand über seine Haare und schien ihre Bitte in Betracht zu ziehen. „Seit er der Küstenwache deine Koordinaten gegeben hat, haben wir ihn nicht mehr gesehen. Er hat mir die Verantwortung für das Boot überlassen. Er meinte, dass er für eine Weile von dem menschlichen Leben genug hat."

Ihr Herz drohte, ihr aus der Brust zu springen. „Genug vom menschlichen Leben? Was soll das heißen?"

Schweigend fuhr Jacob mit beiden Händen über das silberne Robbenfell, das seine Brust und Schultern bedeckte.

Elias ist in Seehundform. Irgendwie wusste sie, dass er das meinte. Ihr Blick wanderte zum umgebenden Wasser und sie hoffte, Elias dort zu sehen. „Für wie lang?"

Das Tau glitt von der *Utkin* und fiel mit einem Platschen ins Wasser. Mehrere Meter lagen nun zwischen den Booten. Jacob zuckte die Achseln. „Könnte sich um Tage oder Jahrzehnte handeln. Alles, was ich dir sagen kann, ist, dass er nicht hier ist."

Sie machte sich daran, das Tau ins Boot zu holen, und kämpfte gegen die unvergossenen Tränen in ihren Augen an. Wie sollte sie es Jahrzehnte ohne ihn aushalten? „Gibt es eine Möglichkeit, ihn zu erreichen?"

Die Männer tauschten Blicke, als ob sie ein Gespräch nur mit ihren Augen führten. Sie runzelte die Stirn und hatte das Gefühl, Flüstern zu vernehmen, obwohl sich die Lippen von Elias' Besatzung nicht bewegten. Schließlich drehte sich Jacob wieder ihr zu. „Er ist außer Reichweite, aber wenn wir Kontakt aufbauen können, werde ich versuchen, ihn zu überzeugen, zu dir zu gehen."

Ihr Herz fühlte sich so leer an, als sie seinen Blick fand. Mehr hatte sie wohl auch nicht verdient, dachte sie. „Danke."

Sie drehte das Schlauchboot um und fuhr zur *Willy Nilly*, um ihre ausgefranste Verkabelung in Ordnung zu bringen. Wenn sie ihr Boot behalten wollte, musste sie Fische fangen. Aber ihr Verstand kehrte immer wieder zu dem Mann zurück, den sie hatte gehen lassen.

Die Tage vergingen ohne auch nur ein Anzeichen von Elias. Lanas Panik nahm zu, und mittlerweile suchte sie öfter nach Robben als nach Lachs. Joe war nach dem Unfall zu seiner Familie in Dillingham zurückgekehrt, sodass Lana und Jeanette nun auf sich allein gestellt waren. Lana wusste, dass sie jemand Neues einstellen sollte, aber der Gedanke an Bewerbungsgespräche erschöpfte sie und so entschied sie, das Problem zunächst zu ignorieren. Heute war es nicht erlaubt, kommerziellen Fischfang zu betreiben. Jeanette hatte also einen freien Tag.

Es gab viel zu tun auf dem Boot, aber allein wollte Lana auch nicht sein. Sie sicherte die *Willy Nilly* und ging zur Bäckerei, um Ashlyn einen Besuch abzustatten. Sie benutzte die Hintertür und band sich eine der Schürzen um die Taille, als sie die Küche betrat.

Ashlyn machte Zimtschnecken. Kepler saß auf einem Hocker und trank Kaffee, die Revers seines dunklen Anzugs waren mit Krümeln bedeckt.

„Du siehst schick aus", sagte Lana zu ihm. „Wo kommst du her?"

„Ich musste bei einem Prozess in Anchorage aussagen." Kepler grinste sie mit strahlenden Augen an. „Ashlyn hat mir gerade erzählt, dass du jetzt eine von uns bist."

Lana klopfte die Krümel von der Vorderseite seines Sakkos. Kepler war wie der Bruder, den sie nie hatte. „Mehr oder weniger. Ich habe ihn seit der Insel nicht mehr gesehen. Und auf dem Gletscher war ich auch nicht. Ich habe also kein Seelentier."

„Er hat sich immer noch nicht gezeigt?" Kepler verengte seine Augen. „Er kann dich doch nicht einfach für sich beanspruchen und dann verschwinden. Was für ein Gefährte tut das? Ich werde ihn aufspüren und ihm mal sagen, was ich von seinem Verhalten denke."

Sie hätte dankbar sein sollen, sie bezweifelte jedoch, dass Elias gut auf diese Art der Konfrontation reagieren würde. „Bitte tu das nicht. In dieser Situation bin ich der Gefährte, der es verkackt hat."

Kepler atmete langsam aus und zog sie in eine Umarmung. Sie konnte ein Schluchzen nicht zurückhalten und er streichelte ihr tröstend über den Rücken. „Er ist dein Gefährte. Schon bald wird er sich zeigen. Gib ihm Zeit."

„Warten gehört nicht gerade zu meinen Stärken." Sie schniefte.

Ashlyn brachte ihr eine Tasse Kaffee und zeigte auf die Theke, wo eine dunkle Flasche Baileys stand. „Manchmal braucht es am Morgen etwas Stärkeres. Nur, wenn du willst natürlich."

Normalerweise trank sie nicht so früh am Tag, heute jedoch sagte sie nicht nein. Sie fügte einen großzügigen Schluck des Likörs hinzu und gönnte sich eine Kostprobe. Die cremige Süße füllte ihren Mund und wärmte sie von innen heraus. „Okay, genug von mir. Wie kann ich helfen?"

Sie rollte gerade Teig für Ausstechplätzchen aus, als Cal hereinkam und sie gewohnt flapsig begrüßte.

Indessen steuerte er entschlossen auf das Blech mit den Bearclaw-Gebäcken zu.

„Cal!" Ashlyn nahm das Blech an sich, bevor er sich ein zweites nehmen konnte. „Hände weg, wenn du nicht dafür bezahlen willst."

Er schenkte ihr ein lausbübisches Grinsen und drehte sich dann zu Lana. „Immer noch keine Spur von ihm?"

Sie schüttelte den Kopf. Würde sie dieses Thema den Rest ihres Lebens verfolgen? „Ich schätze, ich habe ihn verschreckt."

„Du hast *ihn* verschreckt?" Cal schnaubte. „Er ist doch das gruselige Monster, nicht du. Ist er nun ein Selkie oder ein Weichei?"

Ashlyn schlug ihm hart genug gegen die Schulter, dass er zusammenzuckte. „Dein Mundwerk wird dir nochmal eine blutige Nase einbringen, Cal."

„Was denn?" Er biss in sein Gebäck und sah zu seinem Alpha. „Ich sage nur, dass ich davon ausgegangen bin, dass es umgekehrt sein würde."

Tränen sammelten sich in Lanas Augen und sie musste sich abwenden. Sie starrte die tierförmigen Ausstecher an. Gott, sie hatte Elias als Monster bezeichnet und ihm dann an den Kopf geworfen, wie sehr sie ihn hasste.

„Ich verstehe nicht, dass seine Besatzung ihn nicht aufspüren kann. Wo ist er bitte?", fragte Kepler.

„Ich nehme an, dass er irgendwo da draußen in Robbenform herumschwimmt." Ihre Hand erstarrte bei einem Plätzchenausstecher in Orcaform. „Oh Gott, was, wenn ihm etwas passiert ist? Was, wenn ihn ein Killerwal gefressen hat?"

„Du hast eine besondere Verbindung zu ihm, Lana", sagte Ashlyn. „Wäre er tot, würdest du es wissen."

„Oh." Sie drückte den Ausstecher in den Teig. „Wie lange können Wandler in ihrer Tiergestalt bleiben?"

„Ich bin mir nicht sicher. Eine lange Zeit denke ich", sagte Kepler. „Die meisten von uns schätzen jedoch den Komfort, der den Menschen zur Verfügung steht."

Cal schnappte sich ein weiteres Bearclaw-Gebäck, sobald ihm Ashlyn den Rücken zuwandte. „Ich hatte eine Tante, die acht Jahre die Gesellschaft normaler Wölfe bevorzugt hat. Aber sie war schon immer etwas merkwürdig."

Ashlyn nahm das Blech mit den Zimtschnecken und schob es in den Ofen. „Selbst normale Seehunde müssen manchmal an Land, um sich auszuruhen, oder? Vielleicht könntest du zu Stränden fahren, an denen oft Robben gesichtet werden."

Lana erstarrte und richtete ihre Augen auf die Wand. Sie stellte sich Elias vor, der sich an den Strand zog und sich in den glorreichen Mann verwandelte, der er war. „Strände? Nein. Der Strand. *Unser* Strand." Wenn Elias irgendwo an Land gehen würde, dann dort. An dem Ort, an dem sie den Bund eingegangen waren. Sie drehte sich um und riss sich die Schürze ab. „Ich muss gehen."

„Ich bin mir ziemlich sicher, dass du diesen Strand nicht mit deinem Fischerboot erreichen kannst", entgegnete Cal.

„Mein Gott, Cal", sagte Ashlyn und schlug ihn erneut. „Zeige ein wenig Unterstützung."

Er blickte sie finster an und richtete seine Uniform. „Helfen kann ich sowieso nicht. Der Hubschrauber ist nur für den offiziellen Gebrauch bestimmt."

Lana sagte: „Ein großes Boot kann nicht dorthin gelangen, aber ich kann es vor Anker legen und das

Ruderboot nehmen. Die Frage ist nur: Was soll ich Jeanette sagen?"

„Musst du sie mitnehmen?", fragte Kepler. „Vielleicht kann dich von der *Utkin* jemand begleiten. Bestimmt hätten sie ihren Alpha genauso gern zurück wie du."

Ashlyn schnappte sich eine rosa Box mit Donuts und überreichte sie an Lana. „Hier. Damit kannst du sie bestechen."

„Danke." Lana umarmte ihre Cousine und Kepler und nickte Cal zu.

Er zwinkerte. „Viel Glück."

Zurück am Fluss fuhr sie mit dem Ruderboot zur *Utkin* und stellte überrascht fest, dass Jacob schon auf sie wartete. „Hey, Lana."

Ihr bereits rasendes Herz beschleunigte sich, bis sie kaum noch Luft bekam. „Ist er zurück?"

Jacob schüttelte den Kopf. „Nein."

Bobby erschien an Jacobs Seite. In der nächsten Sekunde spähte Jeanette verlegen über die Reling. Lana zog eine Augenbraue hoch. In den Wochen seit ihrer Rückkehr hatten sie und Jeanette sich der Besatzung der *Utkin* angenähert. Wie es schien, hatte

Jeanette einen Gefallen an dem großen, bärtigen Deckarbeiter gefunden. Sie dachte darüber nach, ihre Freundin zu warnen, aber dann erinnerte sie sich an Elias' Worte, als er gemeint hatte, dass die meisten Wandler ihre Gefährten niemals fanden. Wer war sie schon, sich in die Beziehung von anderen einzumischen?

Sie griff nach der Box von der Bäckerei. „Die ist für euch. Passt aber auf, sonst isst Jeanette die ganzen Ahornsirup-Donuts."

Bobby knurrte. „Das erklärt, was beim letzten Mal mit ihnen passiert ist."

Jeanettes Wangen liefen feuerrot an. „Es war das einzige Essbare an Bord."

„Jeanette", unterbrach Lana. „Ich hasse es, zu fragen, aber ich brauche dich auf der *Willy Nilly*." Wenn sie Elias' Crew um Hilfe bitten wollte, wäre es am besten, wenn sie Jeanette zuvor absetzten. Zudem sollte jemand das Boot im Blick haben, falls sie länger bräuchte. „Können wir kurz reden, Jacob?"

„Natürlich." Jeanette kletterte vom Boot und sie tauschten im Ruderboot die Positionen.

Als Jeanette davonruderte, wandte sich Lana zu Jacob. Die anderen Männer betrachteten sie neugierig. „Ich möchte, dass ihr mich zurück auf die Insel bringt."

Er legte den Kopf auf die Seite. „Glaubst du, er ist dort?"

„Manchmal muss er an Land kommen, oder? Er wird da sein. Ich weiß es einfach."

Jacob drehte sich zu seinen Besatzungsmitgliedern und nach einer scheinbar stillen Debatte zuckte er mit den Schultern. „Okay. Ich schätze, es ist einen Versuch wert."

Elias zog sich ans Ufer und verwandelte sich in sein menschliches Selbst, bevor er sich hinsetzte und den Blick auf die See richtete. Er fühlte sich, als hätte er sein Herz an diesem Strand gelassen, begraben wie ein gestohlener Schatz, der niemals gefunden werden sollte. Er saß neben den Überresten der Feuerstelle und ließ Sand durch seine Finger rieseln. Lana hatte diesen Sand berührt. Hatte hier gesessen. Hatte unter diesem Himmel Liebe mit ihm gemacht. Die wenigen Tage mit Lana waren der Höhepunkt seines Lebens gewesen. Nie wieder würde er in diesen Genuss kommen.

„Ich sollte nicht hier sein", sagte er zu einer Möwe, die über seinem Kopf im Wind trieb. Seit Lana ihn zurückgewiesen hatte, existierte er nur in seiner

Tiergestalt, folgte der Strömung und lebte von der Fülle des Ozeans. Aber so lange in Robbenform zu sein, war nicht leicht. Er war müde. Seine Beine fühlten sich schwach an und seine Fingerspitzen glitten ungeschickt durch den körnigen Sand. Die Sonne, die auf seine menschliche Haut traf, war unangenehm heiß.

Das Geräusch eines kleinen Bootsmotors hallte vom Wasser zu ihm. Jemand war ganz in der Nähe. Es war nicht sehr wahrscheinlich, dass sie zum Ufer kamen. Dafür war der felsige Grund zu gefährlich. Er wollte aber nicht das Risiko eingehen, entdeckt zu werden. Dieser Ort gehörte ihm und Lana, und er wollte, dass es so bleibt.

Er stand auf, machte einen Schritt in Richtung Wasser und änderte dann seine Meinung. Er war zu müde und sehnte sich danach, unter den Ästen der Fichte zu schlafen – der Zufluchtsort, der so viele Erinnerungen für ihn bereithielt. *Unser Baum.* Er drehte sich um und wanderte ins Landesinnere. Die tief hängenden Zweige kratzten über seine Haut, als er sich duckte, um die Finger in den dicken Teppich aus Moos und Nadeln zu graben. Er konnte schwören, dass die Luft hier noch schwach nach

Lana roch und sein Herz brach vor Sehnsucht nach ihr.

In dem trüben Licht entdeckte er das Herz, das sie in den Stamm geschnitzt hatte, als er noch geglaubt hatte, dass sie ihn möglicherweise lieben könnte. Aus der Schnitzerei trat Saft, Tropfen rannen die Rinde hinab. Es sah aus, als würde der Baum bluten.

„Wie passend", murmelte er.

Stirnrunzelnd näherte er sich der Schnitzerei und starrte auf die im Vergleich zur Rinde hellen Einkerbungen. L und E waren in das Herz geschnitzt worden. Wer hatte die Buchstaben hinzugefügt? Er streckte die Hand aus und zeichnete sie nach, sodass seine Finger in Kontakt mit dem klebrigen Saft kamen. *Lana? Aber wann?*

Das Geräusch des Bootes wurde lauter. Sein Herz schlug schneller. Warum sollte jemand hierher kommen? *Sie sind auf der Suche nach dir.* Er hatte die Anwesenheit seiner Besatzung immer wieder gespürt, seit er sie verlassen hatte, aber er blockierte sie jedes Mal, indem er zum Grund des Meeres tauchte.

Dieses Mal fühlte es sich anders an. Dringlicher.

Über dem Rauschen der Wellen hörte er, wie der Rumpf eines Bootes über Sand glitt. Dann Schritte. Die Brise wehte einen vertrauten Duft in seine Richtung. Zimt und Mokka. Ein Name verließ seinen Mund, seine Stimme heiser, da er sie so lange nicht benutzt hatte. „Lana?"

Die Zweige vom Baum teilten sich und ihr schönes Gesicht spähte zu ihm herein. Aber anstatt zu lächeln, wie er es sich erträumt hatte, fing sie an zu weinen und presste heraus: „Du bist hier."

Tränen. Wie sollte er mit Tränen umgehen? Hasste sie ihn noch immer? Seinem Seehund war es egal, denn seine Gefährtin litt. Bevor er darüber nachdenken konnte, streckte er die Hand aus, zog sie zu sich und setzte sie unter der Fichte auf seinen Schoß.

Sie klammerte sich an ihn wie an einen Rettungsring, vergrub ihr Gesicht an seinem Hals und presste unter Tränen immer wieder Küsse auf seinen Hals.

Sein Körper weigerte sich, sich zu bewegen. Sein Gehirn weigerte sich, zu arbeiten. Träumte er? Es musste ein Traum sein, so wie die Träume, die er von ihr hatte, als sie noch mit Peter verheiratet war. *Sie hasst mich.*

„Es tut mir leid, dass ich dich als Monster betitelt habe", sagte sie.

Er schüttelte den Kopf. „Du hattest Recht. Ich habe mich wie eins verhalten. Ich hätte dich nie auf dieser Insel festhalten sollen. Ich hätte sofort Hilfe holen müssen."

„Du hast mein Leben gerettet und ich habe dich wie Scheiße behandelt. Wie ein Kind habe ich mich benommen. Ich hasse dich nicht. Genau das Gegenteil ist der Fall."

Er holte tief Luft und füllte seine Lungen mit ihrem Geruch, während sich seine Arme um sie festigten. Hatte er das gerade richtig gehört? „Was ist das Gegenteil?"

Sie lehnte sich ein wenig zurück, schniefte und sagte: „Ich will dich in meinem Leben haben."

Also keine Liebe. Nur die Macht des Schicksals, die darauf bestand, dass sie zusammen gehörten. „Ich möchte auch in deiner Nähe sein, Lana. Ich möchte dich glücklich machen. Aber ich enttäusche dich nur. Ich mache dich wütend."

„Nein!" Sie schlang die Arme enger um ihn. „Ashlyn meinte, dass diese extremen Emotionen zunächst normal sind. Je länger wir zusammen sind, desto einfacher wird es." Sie neigte ihren Kopf und sah ihm in die Augen. Ihre Tiefen waren rot unterlaufen. „Ich ... Nach Peter habe ich meine Probleme mit der Ehe."

Bei der Erwähnung ihres verstorbenen Mannes löste sich ein Knurren aus seiner Kehle. „Du liebst ihn immer noch."

Sie riss die Augen auf. „Was? Wie kommst du denn darauf?"

„Weil du ständig über ihn sprichst."

Sie schüttelte den Kopf. „Ich liebe *dich*, Elias. Ich wusste nicht, was Liebe ist, bis ich dich traf. Peter ist fremdgegangen, beschuldigte mich ständig, Dinge zu tun, die ich nicht getan habe, und gab mir das Gefühl, dumm und unwürdig zu sein. Durch ihn habe ich eine Angst vor der Liebe entwickelt." Ihre Stimme wurde sanfter, zögerlicher. „Du gibst mir das Gefühl, würdig zu sein."

Für einen Moment starrte er sie mit offenem Mund an. „Du bist die würdigste Frau, die ich je getroffen habe. Ich habe nie verstanden, warum eine kluge, starke Frau wie du freiwillig mit diesem Mann verheiratet war. Ich habe darauf gewartet, dass du ihn verlässt."

„Ich dachte, wenn ich mich nur mehr anstrenge, könnte ich die Ehe retten. Meine Anstrengungen haben jedoch nie Erfolge gezeigt."

Elias rieb mit der Hand über ihre weichen Haare. Heilige Götter, er hatte sie vermisst. „Ich liebe dich, Lana. Mit jeder Zelle meines Seins. Ich werde dich auf ewig verehren, ob wir nun heiraten oder nicht."

Sie legte ihre Fingerspitzen auf seine Wange und streichelte den Bart, der während seiner Abwesenheit gewachsen war. Mit heiserer Stimme sagte sie: „Ich möchte mit dir zusammen sein."

Mehr brauchte es nicht. Er hob sie von seinem Schoß und legte sie auf den Teppich aus Moos und Nadeln. Er senkte seinen Mund auf ihren und beanspruchte ihre Lippen für einen hungrigen Kuss. Sie antwortete, indem sie sich weit öffnete und die Aufforderung seiner Zunge zum Tanz annahm. Gleichzeitig spreizte sie ihre Schenkel, sodass er sich dazwischen einfinden konnte. Er war bereits hart und presste seine Erektion gegen ihre Mitte, was ihr ein Stöhnen entlockte.

Sie fand den Bund ihrer Jeans, öffnete den Knopf und den Reißverschluss, während Elias ihr Oberteil über ihre Brüste schob und die weichen Hügel durch ihren BH knetete. Ihre Nippel wurden hart und er entließ ein frustriertes Knurren, da er noch immer durch eine dünne Barriere von ihr getrennt war. Er lehnte sich zurück, zog sich sein Fell aus und warf es beiseite. Anschließend riss er ihr Jeans und T-Shirt vom Körper, bis sie nackt unter ihm lag. Das Sonnenlicht, das es durch die Zweige schaffte, glitzerte auf ihrer Haut, ihren rosa Brustwarzen und den Löckchen zwischen ihren Beinen.

Auf seinen Ellbogen stützte er sich ab und vergrub sein Gesicht an ihrem Geschlecht, küsste und neckte ihre Schamlippen. Gleichzeitig packte er mit den Händen ihre Pobacken. Sie kam ihm entgegen und er hob ihre Beine auf seine Schultern, tauchte mit der Zunge in ihre Höhle, in ihre Süße, bis sie sich unter seinem Ansturm wand.

„Himmel", hauchte er an ihrer Pussy und schob einen Finger in sie. Ihre Hitze umhüllte ihn, ihre Nässe bedeckte seinen Finger, als sich die Wände ihrer Pussy als Reaktion um ihn zusammenzogen. Er fügte einen zweiten Finger hinzu, dann einen dritten und stieß langsam rein und wieder raus.

„Elias, oh ja!"

Er saugte an ihrer Klitoris, umkreiste das Nervenbündel mit seiner Zunge. Einen Zungenschlag später explodierte sie um ihn herum, schrie und wölbte ihren Rücken, die Muskeln ihres Geschlechts pulsierten in einem erotischen Rhythmus.

Sein Schwanz pochte begierig, und sobald sie von dem Orgasmus herunterkam, schob er sich über sie und blickte mit Bewunderung auf sie herab. Ihre Pupillen waren geweitet und ihre Atmung beschleunigt. „Nimm mich", flehte sie.

„Sag, dass du mir gehörst. Mir allein." Seine Eichel fand ihren Eingang, umkreiste und neckte. Lana hob ihm ihr Becken entgegen und strebte nach mehr, aber er hatte ein Ziel vor Augen. „Mir allein", wiederholte er.

„Ich gehöre dir, Elias. Und du gehörst mir."

Mit einem Stoß drang er in sie, füllte sie und wurde eins mit ihr. Sie wimmerte und spreizte ihre Beine, die Wände ihres Geschlechts massierten ihn. Er wollte sie höher treiben, zog sich zurück und stieß wieder in sie. Dabei rieb er mit dem Schambein gegen ihre Klitoris. Rein und raus, rein und raus.

Der Druck baute sich auf. Ein Schrei erhob sich aus ihrem Hals und ihre Nägel gruben sich in ihn, als sie sich der Klippe näherte. Härter und härter nahm er sie, seine eigene Erlösung raste auf ihn zu. Schließlich ergoss er sich in ihr, das Gefühl so berauschend, dass er Sterne sah. Eine Flut der Ekstase riss ihn unter die Wellen, und er war sich nicht sicher, ob er jemals wieder auftauchen könnte.

Als er in die Realität zurückkehrte, spürte er ihre stumpfen Zähne an seiner Schulter. Ihr sanfter Biss durchbrach nicht die Haut, aber die Empfindung schaffte es, ihn wieder anzuheizen. „Was machst du da?", knurrte er an ihrem Ohr und stieß erneut in sie.

„Dich für mich beanspruchen." Sie knabberte an ihm. „Du gehörst jetzt mir."

Er gluckste. „Meine kleine besitzergreifende Gefährtin."

Zusammengekuschelt unter seinem Fell vergingen die Minuten. Schließlich fragte er: „Wie bist du hierher gekommen?"

„Deine Mannschaft hat mich abgesetzt. Ich habe mir euer Ruderboot geliehen."

Er riss sie an seine Brust und zog seine Knie hoch, bis sein Körper ihren umhüllte. Niemals durfte dieser Augenblick zu einem Ende kommen, aber er hatte seine Besatzung zu lange allein gelassen. „Ich schätze, wir sollten gehen."

„Jacob kommt auch ohne dich klar." Sie drehte sich, bis sie ihm ins Gesicht sehen konnte, ein anzügliches Funkeln in ihren Augen. „Ich werde dich noch ein wenig länger auf dieser Insel gefangen halten."

Grinsend knabberte er an ihrem zarten Ohrläppchen. „Nichts würde mich glücklicher machen, als dein Gefangener zu sein."

Lana nahm noch einen Schluck von ihrem Bier und lachte, als Dean den Kampf mit einem Oktopus nachstellte, den er vor Kurzem in seinem Netz hatte. Der große Speisesaal im Haus, das Elias mit seiner Mannschaft bewohnte, war mit zwei weiteren Tischen neu arrangiert worden, um alle Gäste unterzubringen, mit denen sie die letzten Einnahmen der *Willy Nilly* feiern wollte. Dies war eine großartige Saison gewesen, und Lana hatte das Gefühl, dass Elias' Crew heimlich Lachsschwärme in ihr Netz getrieben hatte.

Beide Besatzungen sowie Ashlyn und ihr Rudel hatten gerade die größte Pfanne Paella geleert, die Lana jemals gesehen hatte. Elias hatte also nicht gelogen; Lana war froh, dass ihr Job so viele

Kalorien verbrannte, sonst würde sie bei seinen Kochkünsten nicht mehr in ihre Kleidung passen. Möglich, dass sie im Winter ins Fitnessstudio müsste, um die Pfunde fernzuhalten.

Dean schlug wild mit den Armen um sich. „Der Oktopus schob seine Tentakel immer wieder in meine Hose. So viele Arme! Ich hatte keine Chance."

„Das Tier hat nach einem winzigen Fisch geangelt", scherzte Jacob.

Dean funkelte ihn an. „Sehr witzig. Diese Dinger hinterlassen Abdrücke."

„Überlass es Dean, sich einen Oktopus-Gefährten zu suchen", lallte Walton. Wenn es um Bier ging, war er ein Leichtgewicht.

Eine unangenehme Stille fegte über den Raum, als jeder es mied, zu Jeanette zu blicken. Sie war die Einzige hier, die nichts von Gestaltwandlern wusste, und manchmal rutschte es einem einfach raus. Aber bei der Art und Weise, wie Bobby seinen Arm auf der Lehne hinter ihr drapiert hatte und mit den Haarspitzen der kleinen Frau spielte, fragte sich Lana, wie lange ihre Freundin und Deckarbeiterin noch im Dunkeln bleiben würde.

Zum Glück wechselte Bobby das Thema. „Wie wäre es mit etwas Musik?"

Alle klatschten zustimmend, und als er seine Geige holen ging, machte sich Ashlyn daran, den Tisch von dem Geschirr zu befreien. Lana stand auf. „Setz dich. Ich mach das."

„Ja, ich bin schwanger, aber es geht mir gut und ich möchte helfen", sagte Ashlyn und fuhr fort, die Teller abzuräumen.

„Ich sage ja nur, dass du unser Gast bist und du dich entspannen solltest." Lana schüttelte den Kopf, hielt aber ihre Cousine nicht davon ab, zu helfen. Ashlyn hatte die freudige Nachricht vor ein paar Wochen verkündet, und jetzt behandelten alle Männer sie wie eine zerbrechliche Porzellanpuppe.

Jeanette schloss sich ihnen an und trug Geschirr in die Küche. „Ich hatte noch nie Paella. So lecker. Alles, was Bobby zubereitet, führt zu Magenkrämpfen. Du hast Glück, einen Freund zu haben, der kochen kann." Sie schüttelte den Kopf. „Obwohl ich immer noch nicht glauben kann, wie du innerhalb weniger Tage von Hass zu Liebe wechseln konntest."

Lana zuckte mit den Schultern und lud die Teller in die Spülmaschine. „Ich schätze, ich habe eine Schwäche für Ritter in glänzender Rüstung."

„Na ja, ich freue mich für euch. Ich mag seine Crew." Jeanette errötete. „Und Elias ist auch nett. Denkst du, er wird dich bitten, ihn zu heiraten?"

„Wir haben darüber gesprochen", antwortete Lana und holte ein weiteres Bier aus dem Kühlschrank. „Wenn wir jemals Kinder haben, würde ich eine Ehe vielleicht in Betracht ziehen." Sie hatte viel über die Ehe nachgedacht, seit Ashlyn ihre Schwangerschaft bekanntgegeben hatte. Alles, was Lana vermeiden wollte, indem sie nicht heiratete, war bereits eingetreten: Ihre Freunde und Elias' Freunde verstanden sich gut. War sie nicht bei ihm, dann war er bei ihr. Er half ihr mit dem Boot. Sicher, manchmal kam er etwas herrisch rüber. War sie aber mit seiner Art und Weise nicht einverstanden, ließ sie es ihn wissen und so gab er ihr die Chance, ihren eigenen Weg zu gehen. Seit ihrer Zeit mit ihm auf der Insel hatte er das Thema Hochzeit nicht wieder angesprochen.

Ashlyn warf ihr einen erfreuten Blick zu, kommentierte aber nicht. Ihre Cousine wusste, dass es ein heikles Thema war. Als Cajun-Musik aus dem anderen Raum trat, öffnete Ashlyn eine Gebäckbox und offenbarte Cupcakes mit Stacheln aus gelbem, orangem und rotem Frosting. „Ich habe diese speziell für heute Abend gemacht."

„Feuer?" Lana zog die Augenbrauen hoch. „Was hat das mit Fischen zu tun?"

„Denkst du jemals an etwas anderes als Fische?" Ashlyn lachte. „Es handelt sich um eine brennende Hypothek. Normalerweise feiern das Leute in Zusammenhang mit ihren Häusern, aber ich dachte, es passt, da du mehr Zeit auf deinem Boot verbringst als in deinem Haus."

Lana strahlte. „Du kennst mich so gut."

Sie trugen die Cupcakes ins Esszimmer und verteilten sie. Cal nahm sich zwei und Dean beschwerte sich, bis Ashlyn ihm auch einen weiteren anbot. „Kenne deine Kunden, sag ich immer. Ich habe genug gemacht, um alle zufriedenzustellen. In der Küche steht eine zweite Box."

Lana leckte Zuckerguss von ihren Fingern und schob ihren Stuhl in die Nähe von Elias, wo sie sich mit der Hüfte an ihn presste. Er legte seinen Arm um sie und sie schmiegte sich an seine Brust. Sie hörten ein paar weitere Lieder und sonnten sich in der Kameradschaft, die den Raum füllte. Diese Leute waren ihre Freunde, ihre Familie, ihre Kolonie. Während ihrer Ehe mit Peter hatte sie so isoliert gelebt, dass sie vergessen hatte, wie es sich anfühlte, mit Freundschaften gesegnet zu sein. Elias hatte ihr das alles gegeben. Und dank ihm würde sie noch mehr bekommen.

Ein Seelentier.

Morgen würde er sie zum Gletscher bringen, zur Quelle. Wenn sie heute Abend keine Gäste hätten, wären sie bereits auf dem Weg. Sie hasste es, zu warten. Es gab ihr zu viel Zeit zum Nachdenken. Sie hob ihr Gesicht zu Elias und flüsterte: „Walton machte Witze über Oktopus-Wandler. Denkst du …?"

Sanft drückte er sie näher an sich. „Ich bin mir ziemlich sicher, dass nur warmblütige Kreaturen Seelentiere sein können."

Seine Worte beruhigten sie genug, sodass sie den Rest des Abends genießen konnte. Als Bobby das letzte Lied beendete, hob Elias seinen Drink in die Höhe. „Einen Toast auf Lanas Erfolg. Mögen wir immer mit Vorfreude auf die Zukunft blicken und niemals mit Bedauern in die Vergangenheit."

Zustimmend hoben alle ihre Flaschen. Es war der perfekte Toast. Der perfekte Abend. Lana grinste ihn an. „Wie konnte es mir so lange entgehen, dass du so wundervoll bist?"

Er zog eine Augenbraue hoch. „Ich schätze, du warst zu beschäftigt damit, mich zu hassen."

Sie lächelte, denn sie wusste, dass er Recht hatte. Vertrauen und Liebe bündelten sich in ihrem Herz, bis es an Schmerz grenzte. Er hatte sie zu einer besseren Frau gemacht. Ihre Vergangenheit war dunkel gewesen, sie war unterdrückt worden, aber hier, in diesem Moment, spielten die vergangenen Jahre keine Rolle mehr. Elias war ihr einziger, vom Schicksal bestimmter Gefährte.

In diesem Moment sah sie nur ihre Zukunft.

EPILOG

Lana stand vor der Eiswand und obwohl es erst Ende September war, trieb sie die Kälte dazu, die Arme um sich selbst zu schlingen. Ein riesiger Herbstmond brach aus einem tintenschwarzen Himmel und warf sein blasses Licht auf den Gletscher. Zu ihren Füßen befand sich eine dünne Eisschicht, unter der sich das Leben in einem See tummelte. Das wusste sie nur, weil Elias zu nahe an den Rand getreten und eingebrochen war.

Er schüttete Wasser aus seinen Stiefeln und zog sie wieder an. Die Kälte machte ihm rein gar nichts aus. „Ich kann es kaum erwarten, dass du deinen Seehund bekommst und wir in dem See schwimmen können."

„Solange ich nicht reinfalle, bevor ich mein Tier bekomme …" Sie schüttelte die Vision von sich selbst als ein pelziges Murmeltier ab. Die Möglichkeit, dass sie keine Robbe als Tier bekam – oder überhaupt ein Seelentier –, belastete sie schwer.

Dies war ihre zweite Nacht, in der sie darauf warteten, dass sich die Quelle enthüllte. Nach der Überlieferung der Wandler würde die Höhle sie finden, nicht umgekehrt, aber Lana hatte ein Problem damit, nur herumzusitzen und zu warten. Sie hakte ihren Arm bei Elias ein. „Lass uns weitersuchen!"

„Du bist so ungeduldig", sagte er, seine Stimme voller Zuneigung.

„Laufen hält mich warm." Sie blieb vor einem Schild stehen, das sie davor warnte, ohne Führer weiterzugehen, und blickte dann auf den steilen Weg vor ihnen. Bisher hatten sie sich an das Gebiet gehalten, das vom Nationalpark mit orangefarbenen Kegeln markiert wurde. „Ich denke, wir müssen den Pfad verlassen. Die Höhle zeigt sich vielleicht nicht, wenn die Möglichkeit besteht, dass normale Menschen sie sehen könnten."

Ashlyn hatte sich damals von einem Hubschrauber herbringen lassen und die Höhle hatte sich innerhalb kürzester Zeit offenbart. Für sie hatte es kein Problem dargestellt. Lana beneidete ihre Cousine um ihre Erfahrung, als der kalte Wind durch ihre Kleidungsschichten drang. Wie viele Nächte müsste sie hier draußen verbringen?

Zwischen zwei Eiswänden stieg sie nach oben. Dabei legte sie für einen sicheren Halt eine Hand auf das Eis. Die hohe Wand schnitt ihr die Sicht auf den Mond ab und tauchte ihren Weg in Dunkelheit. Sie tippte mit dem Fuß entlang des Eises, um sich ihres nächsten Schrittes sicher zu sein.

Das Eis knackte unter ihren Füßen und sie erstarrte. Was, wenn sich eine Gletscherspalte öffnete und sie und Elias verschluckt wurden? Sie könnte in den Tod stürzen, ohne jemals Zeuge von Magie zu werden. *Es gibt einen Grund, warum der Park Wanderwege vorschreibt.* Mit beiden Handflächen flach auf der Eiswand drehte sie sich um. „Lass uns zurückgehen."

Elias begegnete ihrem Blick, seine Augen glühten in einem hellen Silber. „Da ist sie."

„Was?"

Er zeigte an ihr vorbei. „Geh weiter."

Sie kehrte ihm erneut den Rücken zu. Nicht weit von ihnen strahlte ein schwaches blaues Licht aus einem Riss in der Wand. „Oh, mein Gott", hauchte sie.

Sie kletterte den Hang hinauf und erreichte eine schmale Öffnung. In dem Moment, als sie eintrat, schoss blaues Licht durch das Eis und beleuchtete eine riesige Höhle. Nach Luft schnappend tastete sie hinter ihr nach Elias' Hand.

Er trat neben sie, legte einen Arm um ihre Schultern und zog sie an sich, während sie sich beide einen Moment umschauten.

Wände und Decke glitzerten gletscherblau und der Bereich war so groß wie ein Footballstadion, mit einem leuchtenden Boden, der mit dunklen Steinen und Kies übersät war. Einige Meter von Lana entfernt befand sich ein flacher Felsbrocken, der an ein Floß im glühenden Eis erinnerte. Von der Decke floss ein Rinnsal aus Wasser in einem stetigen Strom direkt auf den Felsen und füllte die Höhle mit einem sanften Plätschern.

„Die Quelle", flüsterte Elias ehrfürchtig. „Ich hätte nie gedacht, dass ich sie einmal selbst sehen würde."

Lana machte einen Schritt nach vorn, hielt aber inne, als das blaue Licht in einen Regenbogen von Farben explodierte und in Bändern über die Decke tanzte. Ihr Mund stand weit offen und ihre Brust fühlte sich bei ihrem abgehackten Atem beengt an. „Es ist wunderschön.“

Schweißtropfen rannen unter ihrem Parka über ihre Haut. Sie öffnete den Reißverschluss und ließ etwas Luft an ihren Körper. Von hinten schlang Elias beide Arme um sie und legte sein Kinn auf ihren Kopf. Er fühlte sich beständig und warm an ihrem Rücken an und seine Stimme drang beruhigend an ihr Ohr. „Ich fühle mich so gesegnet.“

Sie drehte sich um und küsste ihn. „Versprichst du mir, dass du immer noch so fühlst, wenn ich als Möwe ende?“

„Du machst dir zu viele Gedanken.“ Er zwickte ihr in die Nase. „Und jetzt zieh dich aus.“

Sie zog eine Augenbraue hoch. „Dafür *denkst* du immer nur an Sex.“

„Das stimmt. Aber ich dachte, dass du es vielleicht vorziehst, deine Kleidung nicht zu ruinieren, wenn du dich gleich verwandelst.“

„Oh, ausgezeichneter Punkt." Sie entledigte sich der Parka und den Handschuhen und reichte alles an Elias. Die Luft war noch kühl, aber nicht so lähmend, wie das vor der Höhle der Fall gewesen war.

Sie holte tief Luft und näherte sich langsam der Quelle. Je näher sie kam, umso mehr kribbelte ihre Haut. Die meisten Gestaltwandler hatten diesen Ort, den Ursprung ihrer Macht, noch nie gesehen. Das war auch nicht nötig, solange sie nicht mit einer menschlichen Gefährtin gesegnet wurden. Ashlyn hatte ihr erzählt, dass sie sich durch einen Tunnel genähert hatte. Den riesigen Pool im hinteren Bereich der Höhle hatte sie mit keinem Wort erwähnt. Glatt wie Glas zeigte sich das Wasser und das Licht der Decke reflektierte sich darin. Lana hätte schwören können, dass sie das Meer riechen konnte.

Entschlossen zog sie sich den Rest ihrer Kleidung aus, bis sie barfuß auf dem felsigen Untergrund am Rande des Felsblocks stand. Die rauen, unebenen Kanten an ihren nackten Füßen erinnerten sie an die Insel, den Ort, der ihr Leben für immer verändert hatte. Nun plante diese Höhle das Gleiche.

Das Blut rauschte in ihren Ohren und schließlich trat sie auf den flachen Felsbrocken. Das Wasser, das von der Decke tropfte, hatte den Stein nass und rutschig gemacht. Vorsichtig näherte sie sich dem Poolrand.

Vor der Quelle stoppte sie und hielt ihre Hände unter das Wasser, füllte ihre Handflächen mit der kalten Flüssigkeit. Ihr Mund fühlte sich trocken an, als würde sie der Ort zum Trinken animieren. Sie senkte ihren Mund, trank aus ihren Händen und nahm lange Schlucke, als die Quelle das Wasser wieder auffüllte. Es schmeckte reichhaltig und erfrischend, genau wie sie sich Gletscherwasser vorgestellt hatte. Überraschend war, wie sich davon Wärme in ihrem Magen formte.

Sie senkte die Hände und blickte auf ihren nackten Bauch, während die Hitze in ihr zunahm. Es fühlte sich an, als würde das Wasser eine Spur durch ihre Adern brennen, die zu ihren Schultern und Hüften führte. *Habe ich zu viel getrunken? Gott, was, wenn es sich um Gift handelt?* Panik packte sie und sie wandte sich Elias zu. „Ich habe Angst."

Nur kamen ihre Worte nicht als Worte heraus. Es klang eher nach einem Schrei. Was zum Teufel? *Bitte lass mich nicht zu einem Vogel werden.* Sie drückte die

Augen zu und ihr Körper ... fiel. Ihre Knie und Handflächen landeten auf dem harten Stein und ihr Magen zog sich zusammen, als versuchte sie, das Wasser wieder herauszuwürgen.

Langsam verdampfte die Hitze und ihre hektische Atmung normalisierte sich. Sie öffnete ihre Augen und fand sich noch immer in der Höhle, ihre Wange gegen den Stein gepresst. Der Wunsch, schwimmen zu gehen, erfüllte sie – ein Wunsch, der nicht direkt von ihr ausging.

Sie hob den Kopf und blickte an sich hinab. Silberfarbenes Fell mit dunklen Stellen bedeckte ihren schnittigen Körper, der sich nach unten zu Flossen verjüngte. *Robbe?*

Eine beschwingte Präsenz erfüllte sie, eine Stimme, die ihre eigene war und doch war sie das nicht. Langsam verstand sie. *Ich bin ein Seehund!* Ekstatisch durchsuchte sie die Höhle nach Elias und entließ dabei ein Heulen.

In ihrem Kopf hörte sie die Stimme ihres Gefährten: *Spiele mit mir.*

Sie wusste, dass er und seine Besatzung gedanklich kommunizieren konnten, jedoch hatte sie es bis jetzt nicht erlebt. Das Gefühl war seltsam, aber tröstlich. *Wo bist du?*

Das Wasser ist unglaublich! Am Beckenrand lag auf den Felsen ein Kleiderhaufen und das Wasser formte Ringe, als hätte jemand etwas hineingeworfen.

Tollpatschig in dieser neuen Form rutschte sie von dem Felsbrocken und bewegte sich zum Wasser. Schließlich tauchte sie ein und ihre Muskeln übernahmen instinktiv, als hätte sie ihr ganzes Leben nichts anderes getan. Problemlos schoss sie durch das Wasser. Die tanzenden Lichter schienen nicht mehr von der Decke zu kommen, sondern umgaben sie im Wasser und so hatte sie das Gefühl, am Sternenhimmel zu schwimmen.

Elias' dunklere Form war leicht zu erkennen und sie näherte sich ihm. Gemeinsam führten sie einen Tanz auf. Dann nahm sie an Geschwindigkeit auf und schwamm zur Oberfläche. Sie sprang aus dem Wasser und tauchte wieder ein. Ihr Seehund sang, formte beim Abtauchen Blasen und Lana teilte ihre Freude mit der ganzen Welt. Es fühlte sich an, als hätte ein Teil von ihr stets auf diesen Moment gewartet.

Sie schwamm, bis ihre Muskeln brannten und ihre Lungen schmerzten. Neben Elias tauchte sie auf. *Ich hätte nie gedacht, dass es so sein könnte.*

Du bist wunderschön, antwortete er, und obwohl sein Robbengesicht nicht wirklich lächeln konnte, fühlte sie seine unbändige Freude durch ihre Verbindung.

Kann uns deine Besatzung hören?

Nein, sie sind zu weit weg. Und die Verbindung zwischen uns fühlt sich anders an, als wenn ich mit ihnen spreche. Klarer. Ich denke, wir können unserem Gefährtenbund dafür danken.

Sie lehnte sich zurück, ließ sich treiben und starrte an die Decke. Ihr Seehund sagte ihr, dass es Zeit war, zu gehen, aber gefallen musste ihr das noch lange nicht. *Ich wünschte, dieser Pool hätte Fische. Ich habe Hunger.*

Elias stupste sie an und schob sie wie ein Floß an. Sie ließ ihn und liebte es, wie das Wasser überraschend warm über ihr Fell schwappte. Als ihr Rücken in Kontakt mit Eis und Stein kam, drehte sie sich um und kletterte unbeholfen aus dem Pool. Elias verwandelte sich mit Leichtigkeit und legte sein Fell wie eine Stranddecke über die Felsen und das Eis.

Lana blinzelte und überlegte, wie sie sich zurückverwandeln sollte. Ihr Seehund wollte die Kontrolle nicht aufgeben. *Wie werde ich wieder zum Menschen?*

„Macht sie es dir schwer?", fragte Elias laut, als er mit ausgestreckten Beinen auf seinem Fell Platz nahm. Es fiel ihr immer noch schwer, zu glauben, dass dieser wunderschöne Mann mit einer mürrischen Fischerin wie ihr zusammen sein wollte. Er lehnte sich auf seine Hände zurück, als würde er es sich für eine Show bequem machen. „Denk an deine Knie – so hat mein Vater es mir beigebracht. Es wird dir helfen, mit deiner Menschenform in Kontakt zu treten, da Robben keine Knie haben."

Sie schloss die Augen und stellte sich vor, ihre Knie zu beugen. Dummerweise konnte sie nur daran denken, wie sie als Kind hingefallen war und sich die Knie aufgerissen hatte. Sie konzentrierte sich auf diesen brennenden Schmerz, als sie Elias sagen hörte: „Ja, sehr gut!"

Sie öffnete ihre Augen und registrierte, dass sie auf ihren Händen und Knien war. „Okay." Sie schnaubte und stand auf. Etwas Schweres und Nasses lag über ihren Schultern. *Mein Fell.* Sie fuhr mit ihren Händen darüber. Es war weicher als das von Elias und schimmerte unter den funkelnden Lichtern. Sie rümpfte die Nase und erkannte, dass sie von nun an das Robbenfell tragen musste, egal zu welcher Jahreszeit.

„Was mache ich jetzt damit?", fragte sie. „Kann ich es verkleinern?"

Elias zuckte mit den Schultern und zog sich seine menschliche Kleidung wieder an. „Du kontrollierst es, indem du dir vorstellst, was du willst. Ähnlich zu der Verwandlung, für die du an deine Knie gedacht hast. Wenn du etwas Kleines bevorzugst, könntest du wie Walton eine Mütze daraus machen."

„Das ist in Ordnung für den Winter, aber Walton sieht wie ein Idiot aus, wenn er das Ding im Sommer trägt. Was ist mit Ohrringen? Könnte ich es so klein machen?" Sie dachte intensiv daran, was sie wollte und erhoffte sich, dass das Fell zu Ohrringen zusammenschrumpfte. Zu ihrer Überraschung reagierte das Fell, verkleinerte sich und teilte sich auf. Sie hob die Hände zu den Ohren und präsentierte ihm ihr Werk.

Elias brach in Lachen aus. „Sie sind nicht gleich groß."

Sie rümpfte die Nase und beugte sich über den Pool. Ihr Spiegelbild zeigte zwei riesige Fellbälle, die eher wie Ohrenschützer als Ohrringe aussahen. Einer hatte die Größe eines Softballs, während der andere zierlicher war und sich geschmeidig um ihr Ohrläppchen legte.

„Für dein erstes Mal war das wirklich beeindruckend." Elias trat hinter sie und sie sah im Wasser, dass er grinste. „Das Fell in zwei gleich große Objekte zu trennen, ist schwierig. Deshalb findest du auch kaum einen Selkie, der Robbenfellstiefel trägt."

„Aber nicht unmöglich, oder?" Lana drückte die riesigen Ohrenschützer, bis sie mit seiner Größe einigermaßen zufrieden war. Noch immer hatten sie nicht die gleiche Größe, aber für den Moment würde es gehen. Und sie nahm sich vor, zu üben, bis sie Ohrringe hatte.

Sie drehte sich um und präsentierte sich Elias. „Besser?"

Seine Augen schweiften über ihren nackten Körper. „Perfekt."

„Du schaust gar nicht auf mein Fell!"

Er trat näher und fuhr mit seinen Händen von ihren Hüften nach oben zu ihren Brüsten. Ihre Nippel reagierten sofort, richteten sich unter seiner Berührung auf, kribbelten mit dem Bedürfnis nach mehr. Er beugte sich vor und küsste sie, seine Lippen fordernd. Sie schlang beide Arme um seinen Hals und erwiderte den Kuss. Die Hitze zwischen ihnen wuchs und das Eis bebte unter ihren Füßen.

Elias entriss ihr seine Lippen und hob den Blick zur Decke. Die Lichter leuchteten nun schwächer, das Eis war blasser, als ob die Sonne einen Weg ins Innere gefunden hatte. „Ich denke, die Seelen wollen uns damit sagen, dass es Zeit wird, zu verschwinden."

Sie nickte. Auch ihr Seehund stimmte zu. Sie musste zugeben, dass es Panik in ihr auslöste, die Höhle zu verlassen – als würde sie etwas Wertvolles verlieren. Sie verspürte den starken Drang, sicherzustellen, dass er wusste, wie sehr sie ihn liebte. Den Drang, es unter diesen Lichtern und vor den Seelen als ihre Zeugen zu verkünden. Sie wollte das Universum wissen lassen, dass sie dazu bestimmt waren, den Rest ihres Lebens gemeinsam zu verbringen. Er lehnte sich vor und hob ihre Kleidung auf. Als er sie ihr reichte, nahm sie seine Hand in ihre. „Elias."

Mit gerunzelter Stirn sah er sie an. „Ja?“

„Heirate mich.“

Seine Hand festigte sich um ihre. „Bist du dir sicher?“

Sie schluckte. Der Wunsch war so stark in ihr ausgeprägt, dass sie die Worte nicht hätte zurückhalten können. Auch ihr Seehund wollte es. „Ja. Lass es uns tun.“

Sein Gesicht zierte ein breites Grinsen und er nickte. „Ich liebe dich, Lana.“

„Ich liebe dich auch.“ Sie liebte ihn so sehr, dass sie bereit war, sich sogar auf diese Weise an ihn zu binden.

Sie zogen sich an und machten sich auf den Weg zum Ausgang der Höhle. Tageslicht fiel auf die Eiswand neben der Öffnung und färbte sie in ein Pastellorange. Sie wagte einen letzten Blick über ihre Schulter. Die Aurora im Inneren blitzte auf, schien sich zu verabschieden, und schwächte dann wieder zu einem aquamarinblauen Glühen ab. Als sie nach draußen traten, schloss sich die Öffnung hinter ihnen geräuschvoll.

Dies war erst der Anfang für sie und ihren Gefährten. Sie bekam eine zweite Chance im Leben und musste sich den Herausforderungen nicht länger allein stellen.

Gemeinsam verließen sie und Elias den Gletscher und traten ins Licht eines neuen Tages.

Lieber Leser,

ich hoffe, Du hattest Spaß mit dem grummeligen Selkie und seiner widerspenstigen Gefährtin! Mein nächster Alaska-Alpha bringt uns zurück an Land, mit einer schwangeren Frau auf der Flucht vor ihrem Rudel.

Als Melody von einem riesigen, tätowierten Kopfgeldjäger aufgespürt wird, gehen ihr die Ideen aus. Sie muss aber zugeben, dass etwas an ihm sie auf eine Weise erschauern lässt, die nichts mit Angst zu tun hat ...

Zum Kaufen des nächsten Teils tippe jetzt auf das Cover. Für eine Leseprobe blättere einfach zur nächsten Seite.

Danke fürs Lesen!

Tamsin

ASHS WILDFANG

ALPHAS IN ALASKA, BUCH 4

1

Ash zog seine Skimütze tief in die Stirn, um den beißenden Wind abzublocken, der von der Bucht hereinkam. Die Innenstadt von Anchorage erinnerte im Februar an den Nordpol. Die strahlende Sonne traf auf den schmutzigen Schnee, der die Straße säumte. Sogar sein Wolf hatte sich in seinem Verstand zu einem Ball zusammengerollt, zufrieden damit, bei diesem kalten Wetter nicht zu irgendetwas aufgefordert zu werden. Pinkes Salz knirschte unter Ashs Stiefeln, als er einen Van passierte, aus dem Rentierwurst verkauft wurde. Das Fur-Rendezvous-Festival war in vollem Gang, und trotz der niedrigen Temperatur wimmelte es auf dem Bürgersteig von Menschen.

Er hatte in Erfahrung gebracht, dass die Erbin, der er nachjagte, in der Nähe ihren Schmuck in einem Pfandhaus verkauft hatte. Die Prämie, die er sich für sie erhoffte, war hoch. Fünfundzwanzigtausend plus Spesen. Das Geld würde ausreichen, um einen Teil seiner Schulden zu bezahlen. Dafür musste er jedoch schneller sein als die anderen Kopfgeldjäger.

Er wartete darauf, dass er die Straße überqueren konnte und lauschte indessen der Karnevalsmusik nur wenige Blocks von ihm entfernt. Nicht weit von ihm sah er die schmiedeeisernen Stangen vor den Fenstern des Pfandhauses. Das frostige Glas blockierte den Blick auf einen Mischmasch von Gegenständen, die zum Verkauf ausgestellt waren.

Eine vertraute, drahtige Person trat aus dem Laden, schaute in beide Richtungen und traf dann auf Ashs Blick. *Verdammt.* Talvin, ein Fuchswandler aus Bootlegger's Cove. Normalerweise verdiente er seinen Lebensunterhalt damit, für einen ansässigen Anwalt Schriftstücke zuzustellen. Er war jedoch auch dafür bekannt, hin und wieder als Kopfgeldjäger zu arbeiten.

Ash hastete vor einem Chevrolet Suburban über die Straße und ignorierte das wütende Hupen. Er musste herausfinden, was Talvin entdeckt hatte, bevor der Mann in der Menge verschwand. Ash schlitterte auf dem Bürgersteig zum Stehen, stemmte eine Hand gegen die Hauswand und verhinderte so, dass Talvin um die Ecke bog.

Talvin zuckte zusammen und zog seinen abgenutzten Mantel bis ans Kinn. „Hey, Ash. Was geht?"

Der Kerl wusste genau, warum er hier war, und Ash war nicht in der Stimmung für Smalltalk. „Was hast du herausgefunden?"

„Du hast mich lediglich beim Shopping erwischt." Der kleinere Mann trat einen Schritt zurück. „Ich will keinen Ärger."

Ash fuhr mit der Zunge über seine Vorderzähne und zwang sich, sich zu beruhigen, als er eine Frau in einem dicken Parka bemerkte, der mit einer beeindruckenden Sammlung Fur-Rendezvous-Pins geschmückt war. Mit Sicherheit brauchte er jetzt niemanden, der die Polizei rief. Er stand auf der Abschussliste der Polizeiwache Anchorages. Sie würden ihn erst verhaften und später Fragen stellen. Dann würde er seine Prämie auf jeden Fall verlieren.

Er ließ seine Stimme so ruhig wie möglich klingen und fragte: „Was hast du gekauft?"

Talvin zog ein Telefon aus seiner Tasche. „Neues Handy. Kann ich jetzt gehen?"

Es gefiel ihm nicht, aber Ash senkte seinen Arm und rief die Sinne seines Wolfes auf, den Geruch des anderen Wandlers abzuspeichern, als der sich hastig davonmachte. Wenn nötig, könnte er so den Fuchs aufspüren, nachdem er mit dem Verkäufer im Laden gesprochen hatte. Er wartete, bis Talvin um die Ecke verschwand und öffnete die Tür des Pfandhauses.

Das Glöckchen über der Tür spielte Jingle Bells und er trat ein. Staub wirbelte und es roch nach ranzigem Maschinenfett. Er erlaubte seinen Augen, sich an den recht dunklen Laden zu gewöhnen, und bemerkte den alten Theatervorhang, der den hinteren Teil des Ladens verdeckte. Im Hauptbereich stapelte sich in den Regalen der Ramsch, alles von gebrauchten Fahrrädern über Campingausrüstung bis hin zu Spielzeug und sogar eine verbeulte Schaufensterpuppe in einem perlenbesetzten Hochzeitskleid. Zu seiner Linken saß ein kahlköpfiger Verkäufer mit Brille auf einem Hocker zwischen zwei gläsernen Vitrinen voller Waffen und Schmuck.

Der Mann legte ein zerfleddertes Taschenbuch von Louis L'Amour mit der Vorderseite nach unten auf den Tresen hinter sich und schob seine Brille die Nase hoch. „Kaufen oder verkaufen?"

Ash zog ein Foto aus seiner Tasche. Die Frau, die er suchte, gehörte zu einem Rotwolfrudel im Süden, ein hübsches Mädchen mit rundlichem Gesicht, sinnlichen Lippen und langen braunen Haaren. Genau Ashs Typ – ein Gedanke, den er nicht zulassen durfte. Sie lächelte nicht in die Kamera, aber da war ein Funkeln in ihren Augen, das ihm sagte: *Ich habe nicht nur ein hübsches Gesicht.* Er hielt dem Verkäufer das Foto hin. „Ich suche diese Frau. War sie in letzter Zeit hier?"

Der Mann hob seufzend den Blick zu der fleckigen Akustikdecke. „Verdammt nochmal. Du bist heute schon der Zweite, der nach ihr fragt. Ist der Kram, den sie mir verkauft hat, gestohlen?"

„Keine Ahnung", sagte Ash und steckte das Foto wieder ein. *Ich hätte wissen müssen, dass Talvin gelogen hat.* Darum würde er sich später kümmern. Im Moment musste er herausfinden, was der Mann wusste. „Ihre Familie hat mich angeheuert, sie zu finden. Haben Sie noch etwas von den Dingen, die sie an Sie verkauft hat?" Wenn er eine frische Duftspur aufnehmen könnte, wäre sein Wolf vielleicht in der Lage, sie aufzuspüren.

Der Verkäufer öffnete die Rückseite der Glastheke und zog ein mit Diamanten besetztes Tennisarmband heraus. Selbst in diesem beschissenen, fluoreszierenden Licht funkelten die luxuriösen Diamanten. Das Stück musste mindestens acht Riesen wert sein. „Damit kam sie letzte Woche ins Geschäft. Ich bin mir nicht sicher, wie ich es verkaufen soll, aber ich habe es für ein Schnäppchen ergattert."

Ash griff danach, aber der Mann zog das Schmuckstück zurück und musterte die Tattoos auf Ashs Hand. „Anschauen, nicht berühren."

Ash starrte den Mann nieder und fragte: „Wie soll ich dann beurteilen, ob es echt ist?" Das war es natürlich. Die Frau war schließlich eine Erbin. Ash interessierte es nicht, ob das Schmuckstück echt war oder nicht. Er wollte nur den Duft aufnehmen.

Der Mann zögerte einen Moment, schien kurz nachzudenken, und streckte dann langsam den Arm aus. „Okay. Nur zur Info: Ich habe eine Waffe, also nicht auf dumme Ideen kommen."

„Verstanden." Ash nickte respektvoll und griff sich das Armband, gab vor, die Edelsteine zu untersuchen, und nahm indessen einen tiefen

Atemzug. Der Geruch des Angestellten war die obere Schicht – Schinkenbrot und Bier. Aber darunter war ein anderer Duft, der ihn an luxuriösen Samt und Schokolade erinnerte.

Ashs Wolf regte sich. *Gefährtin.*

Halt dich zurück, Kumpel. Es war lange her, dass Ash mit einer Frau zusammen gewesen war, aber Gefährten waren selten, und der Geruch war zu schwach, um zu einer vorschnellen Schlussfolgerung wie dieser zu springen. *Sobald wir die Prämie eingesackt haben, gehen wir feiern.*

Ash gab dem Verkäufer das Armband zurück und fragte: „Hat sich das Schmuckstück in letzter Zeit noch jemand angesehen?"

Das Gesicht des Mannes hellte sich auf. „Haben Sie Interesse daran? Ich mache Ihnen ein hervorragendes Angebot."

„Nein. Ich habe gefragt, ob sich das noch jemand angesehen hat." Teure Schmuckstücke waren das Letzte, was Ash im Sinn hatte. Er musste diesen Job zu Ende bringen und seine Schulden begleichen. „Was ist mit dem Mann, der vor mir hier war?"

Der Verkäufer runzelte die Stirn und legte das Armband in die Glastheke zurück, wo es sich neben anderen Schmuckstücken auf einem schwarzen Samtbett gesellte. „Wie ich auch ihm gesagt habe, habe ich nicht das Wort Information auf meiner Stirn stehen. Wenn Sie an einem Kauf nicht interessiert sind, gehen Sie bitte."

Seufzend kramte Ash nach seiner Brieftasche. Er zog seinen letzten Zwanziger heraus und legte den Schein auf den Tresen. „Alles, was ich wissen will, ist, ob Sie wissen, wo das Mädchen wohnt und ob der Kerl, der vor mir hier war, sich ihre Sachen angesehen hat."

Der Verkäufer verschränkte die Arme vor der Brust und musterte den Zwanziger, bevor er Ash einen aussagekräftigen Blick zuwarf.

„Mehr habe ich nicht", sagte Ash ehrlich. Abgesehen von der Stempelkarte eines lokalen Sandwichladens war seine Brieftasche leer. Dann fügte er hinzu: „Sie ist in Gefahr." Die Leute wollten hübsche Mädchen immer beschützen.

Der Mann schob seine Brille die Nase hoch, zuckte mit den Schultern, streckte die Hand aus und schnappte sich den Schein von der Theke. „Sie meinte zu mir, dass sie das chinesische Restaurant die Straße runter mag. Ich glaube, sie hat auch erwähnt, dass ihre Wohnung zu Fuß erreichbar ist."

„Danke."

Ash ging zur Tür hinaus. Sein Wolf verspürte den Drang, herauszubrechen und dem Geruch der Frau zu folgen. In der Umgebung gab es nur ein paar Möglichkeiten für Wohnungen. Da er ihren Geruch hatte, sollte es kein Problem darstellen, sie zu finden.

Er war im Begriff, sich eine Erbin einzufangen.

2

„Nein, nein, nein!" Melody stieß mit dem Auto gegen den Bordstein, als der Motor abwürgte. Die Kontrollleuchte blinkte bereits seit einer Woche, aber sie hatte nicht das Geld, um das Auto in die Werkstatt zu bringen. Sie starrte auf die Anzeigen, die Heizung blies lauwarme Luft gegen die von Eis verkrustete Windschutzscheibe. *Was nun?*

Sie holte tief Luft, wartete eine Sekunde und versuchte erneut, das Auto zu starten. Die Heizung blieb standhaft, aber der Motor weigerte sich, mitzuarbeiten. Sie schloss die Augen und kämpfte gegen Tränen an. Vor gerade einmal sechs Monaten hätte sie ein Taxi gerufen und *American Automobile Association* den Rest erledigen lassen. Im Moment hatte sie nicht mal eine Versicherung, geschweige denn Pannenhilfe.

„Sei stark, Melody. Die Wohnung ist nur ein paar Blocks entfernt", sagte sie sich. Bis sie nachhause käme, wäre ihr Essen kalt.

Im Auto roch es nach Sesamhuhn – chinesisches Essen gehörte zu den wenigen Dingen, die sie seit dem Beginn ihrer Schwangerschaft ertragen konnte. Sie hatte ihren Job als Barista schon nach ein paar Tagen verloren, weil ihr bei dem Kaffeeduft übel geworden war, was alle zehn Minuten zu Toilettenbesuchen geführt hatte. Jeder andere Ort, an dem sie sich beworben hatte, wollte Referenzen, und sie konnte es nicht riskieren, eine Spur zu hinterlassen. Brennan, der Alpha des Rudels, hatte Verbindungen und würde nicht ruhen, bis er sie fand.

Da sie noch keinen neuen Job hatte, war sie gezwungen gewesen, ihren Schmuck zu verpfänden, sodass sie die Miete bezahlen konnte. Das Armband, das sie letzte Woche verkauft hatte, hätte das Vierfache des Preises einbringen sollen, aber Verhandeln gehörte nicht zu ihren Stärken. Sie hatte keine Ahnung, wie sie bis zur Geburt des Babys überleben sollte, geschweige denn, wie sie sich danach um ihr Kind kümmern würde.

Jetzt war auch noch ihr Auto im Arsch. Sie musste sich schnell einen Plan einfallen lassen, sonst wäre sie gezwungen, mit ihrem sprichwörtlichen Schwanz zwischen den Beinen zu ihrem Rudel zurückzukehren. Sie konnte sich die Narbe auf Brennans Oberlippe vorstellen, die sich vor Vergnügen verzog, als er darüber nachdachte, wie er sie dafür bestrafen sollte, dass sie weggelaufen war.

Das Baby drückte auf ihre Blase, ein Gefühl, das erst in der letzten Woche dazugekommen war. Sie musste dringend auf die Toilette. „Okay, okay, okay, ich gehe ja schon", sagte sie und hakte die Finger in den Henkeln der weißen Plastiktüte ein, in der sich ihr Essen befand.

Sie stieg aus dem Auto aus, trat auf den eisigen Bordstein und schloss den Reißverschluss ihres Parkas über ihren kleinen Babybauch, obwohl sie wusste, dass die Jacke gegen den eisigen Wind keine Chance hatte. Ihre Wangen waren schon taub und so richtete sie ihren Schal, bevor sie in ihren Taschen nach Kleingeld für den Parkautomaten suchte.

Ein vorbeigehender Mann in einem Wollmantel sagte: „Das ist ein Behindertenparkplatz, falls es Ihnen entgangen sein sollte."

Ihre Schultern sackten. Er hatte Recht. Sie schloss ihre Handtasche und wandte sich ab. „Ich schätze, das ist *eine* Möglichkeit, kostenlos abgeschleppt zu werden."

Damit sicherte sie sich die Aufmerksamkeit von zwei Frauen in Designer-Skiparkas. Schnell klappte sie den Mund zu. Mom hatte sie immer dafür getadelt, jeden einzelnen Gedanken laut auszusprechen, aber sie schaffte es nicht, diese Angewohnheit abzustellen. Nicht mal, nachdem Brennan ihr eine blutige Lippe verpasst hatte, weil sie ihm gegenüber ihre Meinung geäußert hatte.

Mit dem Wind im Rücken machte sie sich auf den Weg und stapfte nachhause. Ein Festival war in vollem Gange und füllte die Luft mit Karnevalsmusik und Lachen, und sie musste auf dem Bürgersteig immer wieder dick eingepackten Fußgängern ausweichen.

Um die nächste Ecke befand sich ihre Wohnung. Das Viertel war nicht das beste. Dort jedoch hatte der Vermieter keine Dokumente verlangt und sie hatte einen großartigen Ausblick auf Mount Susitna. Die schlafende Lady, wie die Einheimischen den Berg nannten, erinnerte sie an eine schwangere Frau, eine Leidensgenossin, mit der sie oft sprach, während sie allein in ihrem Wohnzimmer saß. Und seit ihrer Flucht von dem Rudel war sie oft allein.

„Besser allein als in schlechter Gesellschaft", sagte sie zu ihrem Bauch.

Die Straße führte in das Industriegebiet und auf dem Weg fanden sich überall Fahrgeschäfte. Der Hausmeister schien nicht zu denken, dass der Bürgersteig entlang der Straße zu seinem Aufgabenbereich gehörte und so war der Weg nicht gestreut. Melodys Designerstiefel hatten kein nennenswertes Profil und sie musste einen Zaun packen, um nicht auf ihrem Hintern zu landen, als sie sich rutschend auf die Seitentür zubewegte. Eine Straße weiter, in der Nähe der blinkenden Lichter des Karnevals, schien ein kleines Kind in einem grünen Schneeanzug in die Luft zu segeln.

Bei dem Anblick erstarrte Melody. „Was passiert hier?"

Die Menge jubelte und das Kind flog erneut in die Luft.

Wenn ihr nicht so kalt wäre, würde sie die Möglichkeit in Betracht ziehen, an ihrer Wohnung vorbeizumarschieren, um zu sehen, was dort vor sich ging. Der Wind jedoch fühlte sich wie Million kleiner Nadeln an ihrer Wange an. Also machte sie sich wieder auf den Weg. Von ihrer Wohnung könnte sie nachsehen, ob sie durch ein Fenster die Vorführung sah.

Mit steifen Fingern suchte sie in ihrer Tasche nach ihrem Schlüssel, bevor sie bemerkte, dass wieder jemand die Tür offen gelassen hatte. „Oh nein."

Sie trat ein und zog die Tür fest hinter sich zu, um nach Anzeichen eines Einbruchs zu schauen. Letztes Mal war ein Obdachloser im Aufzug eingeschlafen und sie hatte die Treppe benutzen müssen. Ihre Wohnung befand sich im zweiten Obergeschoss. Ihre Eisfüße würden die Stufen wohl nicht schaffen. Sie drückte den Knopf am Aufzug. „Bitte sei leer."

Zum Glück war das der Fall. Die ruckelige Fahrt zu ihrem Stockwerk erinnerte sie daran, wie dringend sie auf die Toilette musste. Nachdem der Fahrstuhl sie freigegeben hatte, rannte sie zu ihrer Wohnungstür. Ihr bereits kaltes Essen stellte sie auf die Armlehne des Sofas und dann schloss sie die Tür hinter sich ab. Auf dem Weg vom

Wohnzimmer zum Badezimmer zog sie sich ihren Parka aus.

„Muss pinkeln, muss pinkeln, muss pinkeln", sang sie, als sie hektisch ihre Hose nach unten schob. Ihr war so kalt, dass sich sogar der Toilettensitz warm an ihrer Haut anfühlte. Dann leerte sich ihre Blase und sie entließ einen erleichterten Seufzer.

Sie wusch sich gerade die Hände, als sie ein Knarren vernahm. Es klang, als wäre jemand in ihrem Schlafzimmer. Sie stellte das Wasser ab und lauschte.

Das nächste Dielenbrett knackte.

Jeder Muskel in ihrem Körper spannte sich an. Obwohl ein Elternteil von ihr ein Wandler war, hatte sie keine Tiergestalt, die ihr Schutz bot. Großvater hatte immer gemeint, dass ihre Mutter ihre schwachen Gene an sie weitergegeben hatte. *Ich sollte die Polizei rufen.* Nur befand sich ihr Handy in ihrer Jacke, der sie sich im Eingangsbereich entledigt hatte.

Panisch suchte sie nach etwas, das sie als Waffe verwenden konnte. Der einzige Gegenstand in Reichweite war die Toilettenbürste. Die packte sie und spähte in das finstere Schlafzimmer. Die Jalousien waren geschlossen, aber es war hell genug, um zu sehen, dass die Bettdecke unordentlich war, da sie es nie schaffte, ihr Bett zu machen. Der Schrank hatte keine Türen, hinter denen sich jemand verstecken konnte. Vielleicht hatte sie sich die Geräusche nur eingebildet. Schließlich war das Gebäude alt und knarrte an allen Ecken und Kanten.

Mit klopfendem Herz schlich sie in den Raum. Die oberste Schublade ihrer Kommode hing offen. War sie dafür verantwortlich? Ihr übriger Schmuck befand sich in dieser Schublade, ihre einzige Hoffnung, sich bis zu der Geburt ihres Babys über Wasser zu halten. Ihr Kopf drehte sich. Was, wenn er schon bei ihrer Ankunft in der Wohnung gewesen war und sie es nicht bemerkt hatte? Der Dieb könnte gerade fliehen.

Mit der Toilettenbürste in der rechten Hand eilte sie zur Schublade und spähte hinein. Sie war noch nie jemand gewesen, der Kleidung fein säuberlich faltete, und so lagen ihre Höschen und ihre BHs unordentlich in der Kommode. Sie stupste die Dessous beiseite und suchte nach dem Seidenbeutel mit ihrem Schmuck.

Er war nicht zu finden.

„Hurensohn", zischte sie. Der Zorn verdrängte ihre Angst.

Sie wirbelte zur Tür herum. Wenn der Dieb noch im Gebäude war, sollte sie zumindest an eine Beschreibung kommen, sodass die Polizei ihn vielleicht fand. Wie konnte er es wagen, hier einzubrechen und ihre Sachen anzufassen? Sie eilte aus dem Schlafzimmer in den kleinen Wohnbereich und kollidierte mit etwas Festem. *Lebendig.*

Ein riesiger, tätowierter Mann stand zwischen ihr und dem Ausgang.

~~~

Erhältlich ab 30. Mai 2023. Jetzt vorbestellen!
~~~

ÜBER DIE AUTORIN

Vor langer, langer Zeit habe ich es mir in den Kopf gesetzt, biomedizinische Technikerin zu werden. Das Aufschneiden von Laborratten führt allerdings selten zu einem glücklichen Ende, wie man es aus Büchern kennt. Jetzt vermische ich meine Begeisterung für die Wissenschaft mit charakterorientierter Romance und einem garantierten Happy End. Meine Monster finden immer ihre Gefährten, in Geschichten mit temperamentvollen Protagonistinnen, gequälten Helden und einer guten Portion Erotik. Ich verspreche Dir, meine Geschichten werden Dich nicht hängen lassen. (Obwohl es natürlich passieren kann, dass Du danach noch mehr willst!)

Wenn ich nicht schreibe, dann findest Du mich im Garten oder in der Küche, auf Erkundung durch Alaska mit meinem Ehemann oder bei der Vorbereitung auf eine Zombie-Apokalypse. Ich liebe Wein und Apple Cider. Und auch wenn ich nur ein bescheidenes Talent dafür besitze, genieße ich es, zu häkeln.